재생

RE-LIFE
재생
정명섭 장편소설
아프로스
미디어

목차

신은 잔인하다.

때때로 그는 당신을 살게 한다.

~ 스티븐 킹 ~

프롤로그. 특별한 하루

시끄러운 알람 소리에 눈이 저절로 떠졌다. 내가 제일 싫어하는 군대 아침 기상 나팔 소리였기 때문이다. 짜증을 내려고 하다가 알람을 그걸로 맞춰 놓은 게 나 자신이라는 것을 떠올리고는 이불에 얼굴을 파묻으며 짜증을 털어 냈다.

"젠장."

다른 날과는 다른 매우 특별한 하루를 시작해야 했기 때문에 쏟아지는 졸음을 참고 눈을 떴다. 가정용 인공 지능 리아나가 자동으로 커튼을 여는 바람에 눈을 안 뜨려야 안 뜰 수가 없었다.

침대에서 나와서 어기적거리며 화장실로 들어갔다. 간단히 양치를 하고 면도를 하면서 차츰 정신이 돌아왔고, 샤워를 하면서 완전히 정신을 차렸다. 수건으로 몸을 닦고 밖으로 나오자 스타일러가 치익 하는 소리와 함께 문이 열렸다. 안에는 어제 미리 넣어 둔 옷들이 뽀송뽀송한 상태로 잘 걸려 있었다. 속옷부터 옷을 챙겨 입는데 리아나가 좋아하는 재즈를 틀어 주면서 말했다.

[오늘 무슨 날인지 아시죠?]

"그럼, 가장 특별한 하루지."

[스타일러 옆 서랍 제일 위쪽에 있습니다.]

서랍을 열자 며칠 전에 도착한 물건이 작은 상자에 담겨 있는 게 보였다. 손가락으로 살짝 집어서 메신저 백에 넣고 어깨에 걸쳤다. 그 모습을 본 인공 지능 리아나가 말했다.

[직장까지 타고 갈 수 있게 무인 자율 주행용 차량 카헤일링 서비스를 신청했습니다. 9분 23초 후에 아파트 정문에 도착한다고 합니다.]

"알았어. 이따 봐."

[좋은 하루 되세요.]

리아나의 목소리는 모서리의 탁자에 올려놓은 곰돌이 모양의 스피커에서 나왔다. 그쪽에 대고 손을 흔든 나는 현관문을 열고 밖으로 나갔다. 리아나가 미리 엘리베이터를 잡아 둔 덕분에 기다리지 않고 바로 1층 아파트 입구로 나갈 수 있었다.

밖으로 나오자 잘 조성된 아파트 단지의 공원이 보였다. 직장이 있는 서울에서 제법 떨어진 곳이지만 공기 좋고 사람이 없어서 마음에 들었다. 공원 중간에 있는 산책로에는 로봇 강아지를 데리고 산책을 나온 입주민들이 있었다. 벤치가 있는 놀이터는 경호용 로봇이 순찰을 돌면서 아이들을 지켜보는 중이었다.

그 옆에 있는 노인 재활 센터에는 재활 보조용 로봇의 도움으로 걷기 운동을 하는 어른들이 보였다. 산책로 공원의 붉은 장미들이 나의 경쾌한 발걸음을 지켜봤다. 아파트 단지 입구 옆에는 헤일링 서비스용 차들이 주차하는 공간이 있었다. 최근에는 무인 드론 택시도 운행을 시작했는데 아직은 안정성이 부족하다고 생각해서 일단 이용을 하지는 않고 있었다.

내가 다가가자 카메라로 인식한 카헤일링 서비스용 옴니 스파크 차량이 문을 열었다. 내가 장난삼아 달리는 토스터라고 부르는 이 차량은 예전 사람들이 타던 봉고 정도 되는 크기와 높이였다. 그래서 차 안에서 걸어 다닐 수도 있고, 자유로운 편이었다.

옆에는 공유 승차형 무인 전기 차량이 서 있었다. 차 안에 들어서자 넓은 창문을 통해 주변이 보였다. 운전석과 조수석에는 의자가 있긴 하지만 아무도 없었다. 정해진 도로를 정해진 속도에 따라 달릴 수 있는 완전 무인 자율 주행 차량이라 운전자가 필요 없기 때문이다.

뒤쪽에 있는 좌석에 앉자 바로 옆의 화면에서 어제 봤던 골프 자세 훈련 영상이 떴다. 리아나가 미리 보내 놓은 것이었다. 역시 비싼 인공 지능이라 제값을 하는 것 같았다. 옴니 스파크가 서서히 속도를 높이면서 자율 주행 도로에 접어들었다.

차량의 인공 지능이 조명을 어떻게 할지 물었다. 직장까지 한숨 자면서 가려면 주변을 어둡게 하고, 그게 아니면 주변을 볼 수 있도록 환하게 할 수도 있었다. 컨디션이 좋았던 터라 주변을 보겠다고 하자 창문의 조명이 살짝 켜지면서 주변을 볼 수 있도록 했다.

직장은 자주 출근하지 않아도 되었지만 가끔은 가서 회의도 하고 얼굴도 비춰야 하는데, 오늘은 무엇보다 중요한 일이 있었다. 출근하면서 연락을 할까 말까 하다가 꾹 참았다. 어차피 점심때 만나기로 했으니까 얼마 남지 않았기 때문이다. 이런저런 생각을 하면서 고개를 돌리자 자율 주행 도로와 나란히 있는 일반 도로에서 사고가 난 게 보였다. 두 대의 차가 서로 충돌했는데 차간 거리를 지키지 못해서 일어난 것 같았다. 그걸 본 나는 혀를 찼다.

"좀 비싸더라도 자율 주행 차를 샀어야지."

인간들은 너무 많은 실수를 한다. 특히 운전 중에는 말이다. 문득 세상 일이 궁금해져서 옴니 스파크의 인공 지능에게 말했다.

"TV 뉴스 틀어 줘, 긴급 속보 위주로."

[네. 뉴스 채널 REW 연결합니다.]

벽에 붙어 있던 모니터가 천천히 켜지면서 뉴스를 틀어 줬다.

[긴급 속보입니다. 남동 공단에서 발생한 화재가 계속 이어지고 있습니다. 나성 바이오메틱에서 시작된 화재는 소방 헬기까지 투입되었음에도 불구하고 진압에 실패하고 있는데요. 일부 전문가들은 나성 바이오메틱에서 실험 중이던 샤헤드-S라는 화학 물질 때문에 화재 진압에 어려움을 겪는 게 아닌가라는 추측을 하고 있습니다. 또한, 투입된 구조용 로봇들은 화재가 발생한 내부에서 사람으로 추정되는 무언가를 발견했지만 구조를 위해 접근했다가 신호가 끊겼다고 합니다. 소방 당국은 상황을 파악하기 위해 추가로 구조용 로봇을 투입할 계획이라고 합니다. 자세한 소식은 추가로 정보가 들어오는 대로 보도해 드리도록 하겠습니다. 다음 뉴스는 경기도 외곽의 소도시에서 일어난 폭동 소식입니다. 외국에서 온 불법 체류자들과 빈민들이 주로 거주하던 이곳은 경찰이 불법 체류자를 단속하러 나타나자 사람들이

모여서 시위를 하면서 폭력 행위를 저질렀다고 합니다. 현재까지 차량 20여 대가 불타고, 경찰 10여 명이 부상을 당했다고 합니다. 일각에서는 통일 이후 적응하지 못한 북한 출신 주민들의 불만이 폭발한 것으로 보고 있습니다.]

화면 아래에는 시청자들이 보낸 댓글들이 보였다. 통일된 지가 언제인데 아직도 적응 타령 하느냐는 비난 댓글이 대부분이었다. 나 역시 비슷한 생각이라 키보드를 당겨서 그럴 거면 그냥 통일하지 말지 그랬냐는 댓글을 달았다.

내친김에 다른 댓글들도 읽어 보는데 옴니 스파크의 인공 지능이 서울에 도착했다고 알렸다. 직장 앞에 바로 도착하지 않고 20분 정도 걸어갈 수 있는 거리에서 멈춘 것이다. 지난달 건강검진 때 체중이 증가세에 있다면서 운동을 권유했는데 가장 쉬운 걸로 걷기를 추천했다. 완전히 멈춘 옴니 스파크가 문을 열고 좋은 하루를 보내라는 인사를 하면서 마스크 잊지 말라는 말을 덧붙였다.

"깜빡할 뻔했네. 고마워."

지방은 덜하지만 서울에서는 마스크가 필수가 된 지 오래였다. 메신저 백에서 서울 에디션으로 나온 코스트라제 스마트 필터 마스크를 꺼냈다. 약간 무겁기는 했지만 효과는 확실했다. 마스크를 끼우고 옆에 있는 버튼을 누르자 정화용 전기 필터가 작동했다. 사람들은 거의 대부분 마스크를 쓰고 있었는데 심지어는 얼굴을 완전히 가리는 방독면을 쓴 행인도 보였다. 매년 반복적으로 발생하는 질병과 환경 오염 덕분이었다.

마스크가 정상적으로 작동하는 것을 확인하고는 천천히 회사 방향으로 걸었다. 지방의 공장에서는 불이 나고, 소도시에서는 폭동이 일어나도 서울은 항상 변하지 않았다. 하늘로 치솟은 빌딩에는 홀로그램 광고들이 물 흐르듯 지나갔다. 그 옆으로는 택배 회사에서 운영하는 드론이 날아다니는 중이었다.

곧게 뻗은 인도를 따라 걷던 나는 스마트 버스 정류장에 서 있던 사람들이 하늘을 올려다보면서 웅성거리는 걸 봤다. 그들이 보는 쪽을 따라 시선을 올리자 하늘에 보라색 구름이 떠 있는 게 보였다. 최근 환경 문제가 심각해지는 건 알고 있었는데 이상한 색깔의 구름을 볼 줄은 꿈에도 몰랐다. 다행히 보라색 구름은 금세 다른 구름 뒤로 사라져 버렸고, 버스 정류장에서 웅성거리던 사람들도 버스가 오자 서둘러 타느라 흩어져 버렸다.

뒤늦게 SNS에 올릴 사진이라도 찍을걸 하는 생각을 하면서 회사가 있는 오피스 건물로 들어섰다. 1층 카페에서 커피를 사서 가지고 갈까 하다가 줄이 길게 서 있는 걸 보고 포기했다. 마스크를 벗어서 메신저 백에 넣고 사무실로 올라가기 위해 홍채 인식 장치에 눈을 갖다 댔다. 그런데 계속 오류 표시가 떴다. 짜증을 내며 다시 갖다 댔지만 여전히 오류 표시가 났다.

"뭐야, 대체?"

다행히 근처에 경비원이 서 있어서 작동을 하지 않는다고 말하자 옆에 있는 비상 통로를 열어 줬다. 그런데 지나가면서 고맙다고 하자 내 얼굴을 본 경비원의 얼굴이 굳어졌다. 마침 엘리베이터가 내려와서 그냥 올라탔는데 경비원의 굳은 얼굴이 계속 신경 쓰였다.

회사가 있는 14층에 도착해서 안으로 들어갔다. 일찍 출근한 직원들이 일을 하고 있어서 지나가면서 인사를 했다. 그런데 내 목소리를 듣고 고개를 든 직원들의 표정이 가지각색이었다. 놀란 표정부터 어처구니없다는 표정까지 정말 다양했다.

"무슨 일 있어?"

내가 물어봤지만 다들 입만 벌릴 뿐 아무 말도 하지 못했다. 대체 왜 이러는 거냐고 속으로 투덜대면서 자리로 갔는데 누군가 앉아 있는 뒷모습이 보였다. 가뜩이나 이상한 일 때문에 기분이 별로 좋지 않았던 나는 목소리를 높였다.

"여기 제 자리예요!"

그러자 앉아 있던 녀석이 고개를 돌려서 나를 바라봤다. 그는 나랑 똑같이 생긴 얼굴을 하고 있었다.

"어, 뭐야."

너무 놀랍고 황당해서 말이 제대로 나오지 않았다. 처음에는 비슷하게 생긴 사람이라고 생각했는데 보면 볼수록 바로 나였다. 약간 처진 눈썹과 오른쪽 뺨에 있는 점, 그리고 갈색으로 살짝 염색한 머리까지 마치 거울을 보는 것 같았다. 너무 놀라서 헛웃음이 나왔다.

"이, 이게 대체 어떻게 된 거야?"

하지만 상대방은 아무 말 없이 나를 바라볼 뿐이었다. 기묘한 대치는 내 직장 상사인 박 매니저가 오면서 균열이 생겼다. 비록 가끔 갈구긴 하지만 나를 잘 이해해 주는 편이라서 친하게 지낸 터라 안심이 되었다. 하지만 가까이 온 박 매니저는 오히려 나를 차가운 눈으로 바라봤다.

"너, 누구야?"

"저, 딸랑이입니다. 딸랑딸랑."

술자리에서의 별명을 들먹이며 손으로 방울 흔드는 시늉까지 했지만 박 매니저는 오히려 나에게 화를 냈다.

"경찰에 신고하기 전에 나가!"

"아니, 제가 왜? 재가 가짜라고요."

필사적으로 아니라고 했지만 박 매니저는 들은 척도 하지 않았다. 언성이 높아지자 회사 직원들이 다가왔다. 그들에게라도 하소연을 하고 싶었는데 차가운 눈빛들과 마주쳤다. 그러면서 더욱 놀라운 사실을 깨달았다.

"저, 전부 다 나잖아!"

모여든 직원들은 옷차림과 체구, 성별은 달랐지만 하나같이 모두 내 얼굴을 하고 있었다. 거기다 똑같은 표정을 짓고 있어서 보는 것만으로도 섬뜩했다. 그들이 모두 나에게 손가락질을 하면서 나가라고 외쳤다. 놀란 나는 허둥지둥 회사에서 도망쳐 나왔다. 혹시나 쫓아올까 봐 서둘러 엘리베이터를 타고 1층으로 내려와서는 뒤도 돌아보지 않고 밖으로 나왔다. 나는 속으로 이건 꿈이 분명하다고 중얼거렸다. 그러다가 문득 여자 친구가 생각났다. 오늘 저녁에 식사를 하면서 준비한 반지를 주고 프러포즈를 할 계획이었다.

"그래, 주현이한테 연락해 봐야지."

얼마 전에 새로 산 롤러블 휴대폰을 펼쳐서 전화를 걸려다가 지나가는 행인과 어깨를 부딪쳤다. 생각보다 아파서 얼굴을 찡그리며 쳐다보다가 그대로 굳어 버렸다. 나처럼 얼굴을 찡그리며 쳐다보는 상대방 역시 나였기 때문이다. 하마터면 롤러블 휴대폰을 떨어뜨릴 뻔했다. 나와 부딪친 나는 불만 가득한 표정으로 갈 길을 갔다.

"뭐가 어떻게 돌아가는 거야?"

이제는 주변을 지나가는 사람들이 모두 나처럼 보였다. 어디로 도망쳐야 할지 몰라서 갈팡질팡하다가 회사 근처 작은 공원으로 몸을 피했다. 아직 이른 시간이라 오가는 사람들이 없었지만 혹시나 나를 또 만날까 봐 겁에 질린 채 주변을 살펴봤다. 그렇게 한숨 돌린 다음에야 롤러블 휴대폰으로 여자 친구에게 영상 통화를 걸었다. 아무래도 얼굴을 보면서 얘기해야 진정이 될 거 같았기 때문이었다.

신호가 몇 번 가고 화면이 켜졌다. 테이블 같은 곳에 올려놨는지 반짝거리는 샹들리에가 눈에 들어왔다. 일러스트레이터로 일하는 여자 친구는 카페 같은 곳에서 일을 했는데 그중 한 곳 같았다. 그런데 화면 모서리에서 내가 불쑥 튀어나왔다. 너무 놀라서 비명을 질렀다가 뒤늦게 손으로 입을 막았다. 그리고 떨리는 목소리로 물었다.

"너, 누구야?"

[장현우라고 합니다. 여자 친구는 잠깐 화장실에 갔어요.]

외모뿐만 아니라 여자 친구랑 있을 때 쓰는 능글거리는 말투까지 똑같았다.

“그, 그럴 리가 없잖아. 너 누구냐니까!”

[장현우입니다. 그러는 당신은 누군데 제 여자 친구에게 전화를 거는 거죠?]

“염병할! 네 여자 친구가 아니라 내 여자 친구라고!”

[무슨 말씀을 하시는지 모르겠네요. 제 여자 친구한테 연락하지 마세요.]

화면 너머의 또 다른 나는 딱 잘라 말하고는 전화를 끊었다. 격분한 나는 다시 통화를 하려고 통화 버튼을 미친 듯이 눌렀지만 차단을 했는지 신호음만 들렸다. 거기에 정신이 팔려 있느라 주변에 사람들이 모이는 것을 전혀 눈치채지 못했다. 뒤늦게 발밑에 드리워진 사람들의 그림자를 보고 고개를 들었지만 너무 늦고 말았다.

사방에서 몰려든 그들은 모두 내 얼굴을 하고 있었다. 남자나 여자, 키가 크거나 작거나, 어른이거나 아이이거나, 어떤 옷차림이거나 모두가 나였다. 너무 놀란 나머지 들고 있던 롤러블 휴대폰을 떨어뜨린 채 천천히 일어났다. 그리고 그들이 모두 나에게 다가오는 걸 말없이 지켜봤다.

"오, 오늘 특별한 날인데."

나와 똑같은 얼굴을 한 그들이 두 손을 앞으로 뻗은 채 다가왔다. 아무도 소리를 내지 않았지만 입을 활짝 벌린 채였다. 그들에게 잡혀서 뜯어 먹힐지 모른다는 생각에 도망치려고 했지만 갈 곳이 없었다. 사방에서 뻗어 온 손이 내 몸을 붙잡고 짓누르기 시작했다.

"아, 안 돼!"

버텨 보려고 애썼지만 빠져나갈 방법이 없었다. 그들이 하나 둘씩 다가오면서 하늘이 보이지 않았고, 빛이 사라졌다.

또 다른 하루, 첫 번째 날

"으아악!"

악몽은 비명과 함께 사라졌다. 너무 격하게 비명을 지르다 보니 숨이 막혀서 기침이 나왔다. 장현우는 한 손으로 목을 부여잡으며 숨을 헐떡거렸다. 좀 진정이 되자 좁아터진 방 안의 모습이 눈에 들어왔다. 꿈이 너무나 생생해서 좀처럼 빠져나올 수 없었다. 하지만 어젯밤 늦게까지 게임을 하면서 마신 콜라 캔이 모니터 옆에 있었고, 의자에는 퇴근하면서 벗어 놓은 황색 점퍼가 그대로 있었다.

침대에서 몸을 일으켜 바닥에 발을 대자 차가운 느낌이 확 들면서 그나마 정신이 났다. 장현우는 두 손으로 지끈거리는 머리를 감싸 쥐고 멍하게 앉아서 휴대폰을 집어 들었다. 그리고 SNS를 보면서 친구들이 단 댓글에 답글을 달고, 다른 친구들 SNS를 살펴봤다. 마지막으로 본 여자 친구의 SNS엔 어제 작업한 예쁘고 아기자기한 그림들이 그려져 있었다. 그러면서 차츰 꿈에서 깨어났다. 그때 모니터 옆에 있던 탁상시계가 요란하게 울어 댔다. 이제 현실을 시작할 때가 된 것이다.

"무슨 꿈이 SF야."

꿈에서는 영화나 드라마에서 보던 자율 주행 자동차나 드론 택시 같은 것들이 있었고, 통일도 된 상태였지만 현실은 지금 그대로였다. 명랑한 목소리로 잠을 깨워 주는 가정용 인공 지능 같은 것도 없었고, 커튼도 저절로 열리지 않았다. 좁아터지고 어질러진 방만 있을 뿐이었다.

휴대폰을 놓고 침대에서 일어난 장현우는 허리를 펴고 탁상시계를 끈 다음 책상 옆에 있는 커튼을 열었다. 여름의 이른 햇살이 가파르게 방 안으로 파고들었다. 큰 도로와 이어진 집 앞 골목길에는 교복을 입은 학생과 출근하는 직장인들이 차들 사이를 이리저리 빠져나가고 있었다. 그 광경을 본 장현우는 꿈속에서 탄 자율 주행 자동차인 옴니 스파크를 떠올리며 피식 웃었다.

“그런 세상이 오려나? 그래도 나한테는 너무 비싼 것들이겠지?”

고개를 절레절레 흔든 장현우는 기지개를 켰다. 아직도 꿈에서 깨어나지 못한 채 돌아서서 창가로 향했다. 하늘을 슬쩍 올려다봤는데 보라색 구름은커녕 구름 한 점 없는 칙칙한 날씨였다. 곧 비가 내릴 것 같은 느낌을 받자 장현우는 입을 삐죽 내밀고 투덜거렸다.

“왜 오늘 같은 날 날씨가 지랄이야.”

일기 예보로는 맑은 날이라고 해서 오늘 저녁 약속을 잡았던 장현우는 살짝 짜증을 냈다. 하지만 짜증을 내기에는 출근 시간이 임박했기 때문에 서둘러 화장실로 들어가서 씻을 준비를 했다.

샤워를 하고 나온 장현우는 옷걸이에 있던 셔츠를 꺼내서 입으며 전면 거울을 바라봤다. 30대 초반의 전형적인 도시 남자의 모습이 보였다. 아랫배는 살짝 나왔고, 약간 길쭉한 얼굴과 피부는 창백한 편이었고, 일주일에 한두 번씩 헬스클럽에 가서 운동을 한 덕분에 팔다리에 근육이 적당히 붙었다. 거울 앞에서 패션모델처럼 포즈를 잡아 본 장현우는 습관적으로 보던 TV를 틀었다. 아침 뉴스가 나오는데 여자 아나운서가 흥미로운 얘기를 했다.

[방금 들어온 뉴스 전해 드리겠습니다. 어제 자정쯤에 서울 상

공에서 강력한 빛이 목격되었다는 소식이 전해졌습니다. 목격자들에 의하면 상공에서 지상을 향해 거대한 빛이 기둥 형태로 내리꽂혔으며, 약 3초 정도 유지되다가 사라졌다고 합니다.]

"무슨 소리야?"

지퍼 넥타이를 매면서 바라보자 자료 화면이 나왔다. 강변 도로를 달리던 자동차가 찍은 것 같은데 진짜 지상으로 거대한 빛이 내리꽂히는 느낌이었다. 장현우는 넥타이의 지퍼를 올리며 화면을 쳐다봤다. 자료 화면이 사라지고 다시 여자 아나운서의 모습이 보였다.

[워낙 특이한 상황이라서 많은 주장들이 나오고 있습니다. 단순한 기상 현상이라는 의견부터 UFO의 출현이나 기후 악화에 따른 재해의 시작을 알리는 징조라는 것까지 다양한 주장들이 제기되고 있는데요. 스튜디오에 이번 현상이 UFO라고 주장하시는 한국 미확인 비행 물체 조사 연구소의 황기혁 소장님이 나오셨습니다. 안녕하세요, 소장님.]

"뭔, 말도 안 되는 소리야."

화면이 바뀌고 백발에 안경을 쓴 느끼하게 생긴 남자가 보였다. 아래쪽 자막에는 황기혁 소장이라고 쓰여 있었다. 안경을 한 번 추켜올린 황기혁 소장이 두 손을 깍지 낀 채 얘기를 시작했다.

[어젯밤에 서울 상공에서 목격된 빛은 UFO가 확실합니다.]

[그렇게 확신하시는 이유는요?]

[번개나 벼락은 당연히 아니고요. 다른 걸로 설명이 되지 않기 때문이죠. 그러면 남은 가설은 딱 하나, 외계에서 온 미확인 비행 물체 혹은 현상뿐입니다. 저는 그 현상이라는 것도 결국은 미확인 비행 물체에서 비롯된 것이라고 믿습니다. 사실, 서울 상공에 미확인 비행 물체가 나타난 것은 이번이 처음이 아닙니다.]

황기혁 소장의 말에 여자 아나운서가 눈썹을 치켜뜨며 물었다.

[그럼 이전에 나타난 적이 있다는 말씀이십니까?]

[1976년 10월 14일 저녁 6시쯤에 청와대 상공에 정체불명의 비행 물체들이 나란히 비행하는 걸 수많은 서울 시민들이 목격했습니다. 비행 금지 구역이었기 때문에 대공포 사격이 있었지만 비행 물체들은 아무런 피해도 입지 않고 사라져 버렸습니다.]

[그런 일이 있었군요.]

여자 아나운서의 얘기가 더 이어질 것 같았지만 이러다가는 지각을 할 터라 장현우는 TV를 끄고 얼른 양복을 챙겨 입었다. 메신저 백을 메고, 안에 든 것을 살펴봤다. 혹시 몰라서 어제 넣어 뒀는데 다행히 잘 있었다. 현관 옆에 있는 우산을 챙기고 문을 열자 다세대 빌라의 길고 좁은 통로가 나왔다. 엘리베이터가 있긴 하지만 2층이라 그냥 내려가기로 했다.

쿵쿵거리며 계단을 내려간 장현우는 유리로 된 공동 현관문을 열고 밖으로 나왔다. 필로티 형태로 된 주차장을 지나서 아까 내려다봤던 골목길의 출근 행렬에 가담했다. 비가 막 쏟아지기 시작하면서 다들 우산을 펴느라 난리도 아니었다. 장현우도 서둘러 챙겨 온 우산을 폈다. 바람까지 심하게 불어서 정면에서 비가 흩날리는 바람에 우산도 앞으로 기울여야만 했다. 덕분에 앞은 안 보이고 사람들의 발과 땅만 보였다. 그래도 오랫동안 이곳에 살았던 장현우는 무사히 골목을 나올 수 있었다.

원래대로라면 마을버스를 타고 지하철역으로 가야 했는데 비가 갑자기 온 탓인지 줄이 장난 아니게 길었다. 잠깐 머리로 계산을 한 장현우는 그냥 걷기로 했다. 큰길로 나오자 바람이 거세지면서 우산을 더 앞으로 내려야만 했다. 그래도 오늘 저녁때 있을 일을 생각하니 저절로 기분이 좋아졌다.

"드디어 청혼하는구나."

지난 2년 동안 오늘만 기다렸다고 해도 과언이 아니었다. 회사 동료 소개로 만난 그녀는 프리랜서 일러스트레이터였다. 전공을 하지는 않았지만 워낙 솜씨가 좋고 독창적이어서 일거리가 많은 편이었다. 거기다 어릴 때 부모님을 잃고 할머니 밑에서 자라서 그런지 생활력도 강했다. 마찬가지로 부모님이 이혼하고 할아버지와 할머니 손에서 키워졌던 장현우는 그녀가 가지고 있는 서글픈 외로움을 충분히 이해했다. 나는 고아나 다름없다고 얘기하는 그녀를 보듬어 줄 수밖에 없었다.

그녀를 만난 직후부터 하루라도 빨리 결혼하고 싶었지만 넘어야 할 벽들이 많았다. 다행히 작년에 새로 입사한 IT 회사는 이전 회사들과는 달리 조건이 좋았고, 복지도 나쁘지 않았다. 거기다 능력을 인정받아서 곧 승진을 앞두고 있었다. 그동안 어렵게 모은 적금에 지금 살고 있는 다세대 빌라의 전세금에 대출을 얹으면 아파트 전세로 옮길 수 있을 것 같았다.

그렇게 확신이 드는 순간, 장현우는 프러포즈를 할 때 쓸 반지를 주문했고, 드디어 지난달에 그 반지를 받았다. 이런저런 이유로 밀렸지만 드디어 오늘 저녁 프러포즈를 할 준비를 마쳤다. 거기까지 생각을 하자 강하게 불어닥치는 비바람이나 축축한 날씨 따위에 기분이 나빠지지 않았다.

멀리 지하철역 입구가 보이자 장현우의 발걸음은 더욱 빨라졌다. 지하철역으로 내려가면 더 이상 비바람을 맞지 않아도 된다는 생각이 든 것이다. 비가 바람을 타고 앞에서 오는 바람에 우산으로 막고 있었어도 온몸이 젖어 버렸다. 지하철역 계단 입구에는 비옷을 쓴 중년 여성이 김밥을 팔고 있었다. 비를 피하지도 못하고 김밥을 팔고 있는 게 안쓰러워서 한 줄 살까 하다가 귀찮아서 그냥 계단으로 내려갔다.

비에 젖은 계단을 내려가는데 뒤에서 소란스러운 소리가 들렸다. 장현우가 계단참에서 걸음을 멈추고 돌아보니까 방금 스쳐 지나간 김밥을 팔던 여성이 바바리코트를 입은 키 큰 남성에게 덤벼들어서 몸싸움을 하는 중이었다.

"뭐야? 돈을 안 냈나?"

무심코 중얼거리며 돌아서려는데 몸싸움이 더 격해졌다. 서로 엉켜 있던 두 사람은 아예 계단 아래로 굴렀고, 지켜보던 누군가가 비명을 질렀다. 제발 좀 말리라는 얘기가 이어서 나왔고, 몇 명이 다가가서 두 사람을 뜯어말렸다. 그런데 바바리코트를 입은 남성이 목덜미를 부여잡고 일어났다. 비틀거리던 그의 목에서 피가 분수처럼 뿜어져 나오자 주변에서 비명이 터졌다. 병원과 119, 살려 달라는 외침이 쏟아지는 가운데 남성의 바바리코트 한쪽이 순식간에 피로 물들었다. 지켜보던 장현우가 저 정도로 피를 흘리면 멀쩡할 수 없다고 생각하는 순간, 남성의 눈이 회백색으로 변했다.

"왜, 왜 저러는 거지?"

그리고 목을 비롯해서 온몸을 기괴하게 꺾었는데, 뼈가 부러지는 것 같은 기분 나쁜 소리가 들렸다. 그 모습을 본 사람들은 비명을 지르며 흩어지거나 아니면 두려움에 빠져서 꼼짝도 하지 못했다. 장현우 역시 그대로 서 있다가 뒤늦게 정신을 차리고 계단을 내려가다가 넘어지고 말았다. 비에 젖어서 미끄러진 것이다.

"으악!"

넘어지면서 무릎과 손바닥을 다쳤지만 아픔을 참고 간신히 일어났다. 그리고 계단 위를 올려다봤는데 바바리코트를 입은 남성이 옆에 있던 다른 여성에게 달려드는 게 보였다. 벽에 붙은 채 벌벌 떨고 있던 붉은색 재킷을 입은 여성이 살려 달라고 외치며 떼어 내려고 했지만 소용없었다. 마치 늑대처럼 여성의 목을 이빨로 물어서 뜯어 버린 것이다. 비명을 지르던 여성의 얼굴로 피가 튀었다.

"뭐, 뭐야."

붉은색 재킷을 입은 여성은 바바리코트를 입은 남성이 손을 떼자 그대로 벽에 기댄 채 주르륵 쓰러졌다. 그녀에게서 입을 뗀 바바리코트를 입은 남성은 피거품이 뚝뚝 떨어지는 입을 한껏 벌린 채 주변을 두리번거렸다. 그 모습을 본 장현우는 저도 모르게 중얼거렸다.

"조, 좀비?"

게임을 좋아하는 그는 종종 좀비가 나오는 게임을 했었다. 영화나 드라마도 즐겨 봐서 눈앞의 존재가 좀비라는 걸 바로 깨달았다. 하지만 게임이나 드라마로 보는 것과 실제로 보는 건 하늘과 땅 차이였다. 게임에서는 총이나 칼로 싹싹 없애 버릴 수 있었지만 현실에서는 없애기는커녕 눈도 마주칠 수 없었다.

장현우는 아픈 무릎을 부여잡고 절뚝거리면서 지하철역으로 내려갔다. 지하철역 안에서는 계단에서 무슨 일이 벌어졌는지 모르는 사람들이 밖에서 들려오는 소리에 귀를 기울이는 중이었다. 안경을 쓴 노인 한 명이 무슨 일이냐고 물었지만 장현우는 대답할 사이도 없이 맞은편 유리문을 열고 계단으로 올라갔다.

"일단 좀비는 느리니까 빨리 도망치기만 하면 될 거야."

밖으로 나가서 택시를 타고 도망쳐야겠다고 마음먹는 순간, 맞은편에서 오던 누군가와 부딪쳐서 넘어지고 말았다. 한시바삐 도망가야 하는데 누가 방해하느냐고 짜증을 내려던 장현우의 눈이 상대방과 마주쳤다. 두툼한 안경을 쓴 곱슬머리 남학생이었는데, 그때서야 입고 있는 하늘색 교복이 피범벅인 것이 보였다.

"어!"

게임이나 드라마에서는 이럴 때 주인공이 필사적으로 탈출을 하는 데 성공하거나 혹은 누군가의 도움으로 위기를 벗어난다. 하지만 현실에서는 그런 게 없었다. 교복을 피로 적신 남학생의 눈 역시 회백색이었다. 장현우는 뭘 어떻게 해 볼 사이도 없이 벽에 떠밀렸다. 뒤늦게 저항을 하려고 했지만 상대방의 힘은 상상할 수 없을 정도로 강력했다. 팔이 부러질 정도로 밀어붙인 남학생은 장현우의 목에 이빨을 들이댔다. 그리고 단숨에 목덜미를 물어뜯었다.

"으악!"

목에서 피가 튀면서 온몸이 불이 붙은 것처럼 뜨거워졌다. 다행히 내려오는 인파에 밀려 장현우의 목을 물어뜯은 남학생은 계단 아래로 굴러떨어졌고, 바로 일어나서 새로운 목표를 찾아 주변을 두리번거렸다. 그사이 장현우는 허겁지겁 계단을 뛰어올라갔다. 여전히 비가 쏟아지고 있었고, 지하철역에서 무슨 일이 벌어지고 있는지 꿈에도 모를 사람들이 비를 피해 발걸음을 서두르는 중이었다. 장현우는 피를 흘리면서 걸어가며 가지 말라고 외쳤지만 주변 사람들은 그를 보고 놀라기만 할 뿐이었다.

"제발 가지 말아요. 저기 좀비가 있어요."

장현우는 자신을 보고도 모른 척하는 그들에게 목청껏 외쳤다. 하지만 사람들은 오히려 그를 피하기 바빴다. 계속 외치며 걷던 장현우는 온몸에 힘이 쫙 빠지면서 축 늘어지기 시작했다. 마침 검정색 앞치마를 맨 채 카페 앞을 청소하던 여성 바리스타와 눈이 마주쳤다. 작은 체구에 은테 안경을 쓴 그녀는 장현우를 보자 겁에 질린 채 눈을 동그랗게 떴다.

그런 그녀를 보던 장현우는 온몸을 꿰뚫는 통증에 저도 모르게 하늘을 바라봤다. 비명을 질렀지만 소리 대신 피가 하늘로 튀었다. 온몸의 뼈가 부러졌다가 다시 맞춰지는 것 같은 느낌이었다. 그러면서 눈가에 열기가 스멀거리며 밀려들었다. 눈동자에 터질 것 같은 통증이 느껴졌고, 머리 역시 수많은 바늘로 찔리는 것 같은 아픔이 밀려왔다.

장현우는 통증을 이겨 내기 위해 눈을 몇 번 껌뻑거렸는데 그때마다 세상이 달라져 보였다. 색이 차츰 없어지더니 뿌연 회색과 백색의 세상으로 바뀌었다. 온몸을 관통하던 통증이 차츰 사라졌고, 머리를 찌르는 것 같은 느낌도 없어졌다. 남은 건 한 가지뿐이었다.

“잡아먹고 싶어.”

살아 있는 인간에 대한 맹렬한 증오심이 돋아났다. 아마 말도 제대로 못 했을 것이고, 크르르 같은 소리가 난 것 같다. 이제 살육에 대한 본능만 남은 장현우는 주변을 두리번거리며 목표물을 찾았다. 하지만 다들 빠르게 달리고 있거나 그처럼 좀비로 변해 버린 상태였다. 남은 건 아까 그를 바라봤던 안경 쓴 바리스타뿐이었다.

심상치 않은 상황이라는 걸 눈치챘는지 그녀가 서둘러 카페 안으로 사라졌다. 장현우는 그쪽으로 달려갔지만 간발의 차이로 문에 막히고 말았다. 문을 밀려고 했으나 밖으로 여는 방식인 데다가 그녀와 손님들이 재빠르게 문 앞에 의자와 책상으로 바리케이드를 치는 바람에 실패하고 말았다. 곧 장현우처럼 좀비로 변한 무리들이 몰려들어서 유리를 쿵쿵거리며 발로 차고 주먹으로 때렸다. 평상시라면 아팠겠지만 좀비로 변해 버려서 그런지 통증 따위는 느껴지지 않았다.

좀비들이 하나둘씩 몰려들면서 카페의 전면 유리가 더 이상 견디지 못하고 금이 갔다. 그걸 바라보던 안경 쓴 바리스타는 파랗게 질린 채 뒤로 물러났다. 잠시 후 유리가 압력을 견디지 못하고 산산조각 나 버렸다.

제일 앞에 있던 장현우는 뒤에 있던 좀비들에게 떠밀려 앞으로 넘어지고 말았다. 좀비들이 우르르 몰려서 들어가는 걸 엎드려서 지켜보다가 일어나려는데 다리가 움직이지 않았다. 무심코 뒤를 돌아봤더니 허리 아래쪽이 사라져 있었다. 유리가 깨지고 앞으로 넘어지면서 남은 유리에 잘린 것 같았다. 피 묻은 내장들이 흘러나온 게 보였고, 검붉은 피가 바닥에 천천히 흘러가고 있었다.

몸이 두 동강이 났는데도 아픔이나 통증은 느껴지지 않았다. 오히려 살육에 대한 목마름이 더 커졌다. 두 손으로 바닥을 기어간 장현우는 머신이 있는 카운터 안에 숨어 있던 안경 쓴 바리스타를 찾았다. 다른 좀비들은 뒤쪽으로 도망친 손님들을 쫓느라 그녀를 미처 보지 못한 것 같았다. 장현우는 바닥을 기어서 구석으로 도망친 그녀를 따라갔다. 종이컵 같은 것들이 날아왔지만 그대로 다가가서는 그녀의 발목을 잡았다. 그리고 비명을 지르며 도망치려는 몸부림을 무시하고 발목을 깨물었다.

뜨거운 피가 이빨 사이를 흘러서 목구멍으로 들어가자 짜릿한 쾌감이 느껴졌다. 그리고 장현우는 그나마 가지고 있던 인간으로서의 의식도 서서히 잃어버렸다. 마지막으로 본 것은 자신처럼 회백색으로 변해 버린 눈으로 주변을 두리번거리는 그녀였다.

또 다른 하루, 두 번째 날

“으아악!”

악몽은 비명과 함께 사라졌다. 너무 기분 나쁜 꿈을 꾸었는지 온몸이 땀에 젖어 있었다. 장현우는 이불을 걷고 침대에 걸터앉아서 숨을 천천히 몰아쉬었다.

“씨발, 아무래도 요즘 게임을 너무 많이 했나 보다.”

회사일이랑 여자 친구에게 프러포즈하는 문제로 스트레스를 너무 많이 받은 거 같았다. 비틀거리며 일어난 장현우는 곧장 화장실로 갔다. 아침에 일어나서 정신을 차릴 때까지 습관적으로 트는 TV도 틀지 않았다. 그냥 빨리 나가서 버스를 타고 직장에

가서 일을 하기로 했다. 그러면 이 말도 안 되는 상황들을 잊어버릴 수 있을 것 같았다.

서둘러 샤워를 마친 장현우는 옷을 챙겨 입고 밖으로 나왔다. 물론 여자 친구에게 프러포즈를 할 때 사용할 반지도 잘 챙겼다. 서두른 탓에 구두를 신고 밖으로 나가기 직전에 알람 시계가 요란하게 울렸다. 알람 시계를 끈 장현우는 창밖을 슬쩍 바라봤다. 먹구름이 잔뜩 낀 걸 본 그는 원래 쓰던 우산 대신 선물받은 큰 우산을 챙겨 들고 나왔다.

문을 열고 나오다 러닝셔츠에 반바지를 입은 옆집 아저씨와 마주쳤다. 편의점 로고가 찍힌 비닐봉지를 든 옆집 아저씨는 가볍게 손을 흔들고는 방으로 들어갔다. 계단을 내려온 장현우는 필로티 형태로 된 주차장을 지나 골목으로 나갔다. 약간 내리막인 골목길은 위쪽 아파트 단지에서 내려오는 직장인과 학생, 그리고 차들로 혼잡했다.

장현우는 그들 사이를 요리조리 지나며 걸음을 재촉했다. 중간중간 하늘을 올려다봤지만 아직 비는 내리지 않았다. 그래서인지 마을버스 정류장에는 사람들이 줄을 서지 않았다. 거기다 때마침 마을버스도 딱 도착했다. 장현우는 속으로 개꿀이라고 외치면서 얼른 버스에 탔다. 마을버스에 타자마자 비가 내리기 시작했다. 아까부터 먹구름이 끼어 있었고, 아침에 꾼 꿈에서도 비가 내렸기 때문에 살짝 불안해졌다. 하지만 장마철이라 비가 내리는 건 일상적이었기 때문에 그냥저냥 불안감을 억눌렀다.

지하철역은 직선 도로로 세 정거장이라 금방 도착했다. 버스 카드를 찍고 우산을 펼친 장현우는 인도에 내려섰다. 바로 앞의 지하철역 입구에 어제 꿈에서 이상하게 변해 버린 김밥을 파는 여성이 보였다. 꿈에서처럼 하얀 비옷을 입고 있는 걸 본 장현우는 서둘러 계단을 내려갔다. 아침 출근 시간이고 비가 내려서 그런지 상당히 많은 사람들이 쏟아져 들어왔다.

그들 사이에 섞여서 교통 카드를 찍고 승강장으로 내려간 장현우는 습관적으로 제일 끝으로 갔다. 갈아타는 승객들이 적어서 다른 곳보다는 그나마 한산했기 때문이었다. 비에 젖은 우산을 툭툭 털어서 접은 다음 지하철을 기다렸다. 장현우는 어제 꾼 꿈을 떠올려 봤다. 꿈이라고 하기에는 너무 생생하고 고통스러웠다. 하늘에 먹구름이 끼고 비가 내리는 것도 똑같았고, 지하철 입구에서 김밥을 파는 여성이 하얀색 비옷을 입은 것도 영락없이 꿈이랑 똑같았다.

"꿈이 너무 현실적이었어."

장현우는 머리가 너무 복잡했지만 일단 잊기로 했다.

"꿈 생각을 하기엔 오늘은 너무 중요한 날이지."

그렇게 털컹거리는 지하철의 움직임에 몸을 맡긴 채 가만히 서 있었다. 혹시 일어날 사람이 있지 않을까 하는 마음에 눈으로 앉아 있는 승객들을 살펴봤다. 하지만 다들 눈을 감고 있거나 가방을 꼭 끌어안고 앉아서 쉽게 일어날 생각이 없다는 걸 몸으로 드러내고 있었다.

아쉬움에 입맛을 다신 장현우는 바로 앞에 앉은 붉은색 비니를 쓰고 대학교 과잠을 입은 남학생이 엉덩이를 살짝 들썩이는 것을 보고는 기대감을 가졌다. 우산을 가져오지 않았는지 어깨와 비니가 빗물에 젖어 있는 게 보였다. 하지만 대학생은 도로 주저앉았다. 속으로 장난치는 거냐고 짜증을 내는데 대학생이 불쑥 장현우에게 말을 걸었다.

"이게 무슨 소리예요?"

"어떤 소리요?"

장현우의 물음에 과잠을 입은 대학생은 옆 칸을 가리켰다. 사람들이 듬성듬성 서 있어서 잘 보이지 않았고, 때 마침 지하철이 커브를 트는지 소리가 요란하게 나는 바람에 아무것도 들을 수 없었다. 장현우가 못 들었다는 손짓을 하자 대학생은 답답한 표정을 지었다.

"저쪽 칸에서 이상한 소리가 들린 것 같다고요."

그 말을 듣고 다시 바라봤지만 아무것도 들리지 않았고, 사람들도 그냥 서 있거나 앉아 있었다. 장현우가 고개를 젓자 대학생이 벌떡 일어났다. 그러고는 문가로 갔는데, 그걸 지켜보느라 다른 사람에게 자리를 빼앗기고 말았다. 살짝 짜증이 난 장현우가 나지막하게 중얼거렸다.

"뭐야, 장난치는 것도 아니고."

그때 옆 칸에서 이상한 소리가 들렸다. 처음에 장현우는 누가 데리고 탄 개가 짖는 소리인 줄 알았다. 하지만 아침 출근 시간에 개를 데리고 지하철을 타는 사람은 본 적이 없었다. 거기다 짖는 소리가 뭔가 부자연스러웠다. 동물이 짖는 소리가 아니라 사람이 울부짖는 것처럼 들렸다. 이상하다는 걸 느끼는 순간, 장현우는 온몸이 굳어 버렸다.

"설마!"

장현우처럼 이상한 소리를 들은 것인지 옆 칸과 연결된 문 옆에 있는 노약자 보호석에 앉아 있던 노인 한 명이 엉거주춤 일어나서 문 쪽을 바라봤다. 그러다가 뭔가를 보고 놀랐는지 뒤로 넘어지면서 엉덩방아를 찧었다. 노인이 미친 사람처럼 소리쳤다.

"문 닫아! 문을 막아!"

그때서야 사람들이 뭔가 이상하다는 걸 느꼈는지 웅성거렸다. 장현우가 얼른 문을 막으라고 소리치자 누군가 자동문이라고 대답하는 소리가 들렸다. 그렇게 어수선한 사이에 문이 스르륵 열렸다. 장현우는 제발 아니라고 속으로 생각했지만 나타난 것은 회백색 눈에 피거품을 입에 문 좀비였다. 장현우처럼 출근을 하는 직장인인 듯 양복 차림이었다. 아침에 셔츠와 양복을 다리느라 제법 공을 들였겠지만 피와 거품으로 얼룩져 버리고 말았다.

차량 연결 통로에 서서 으르렁거리던 직장인 좀비는 방금 자신을 보고 주저앉은 노인에게 덤벼들었다. 그리고 발버둥 치는 노인의 목덜미를 사정없이 물어뜯었다. 피가 분수처럼 쏟아져 나와서 바닥을 적셨다. 그러자 긴가민가하던 사람들이 일제히 비명을 지르며 반대쪽으로 도망쳤다. 장현우도 그들에게 쓸려서 도망쳤지만 제일 마지막 칸에 탔기 때문에 금방 막히고 말았다.

문가에 밀린 사람들은 문을 열려고 시도했지만 너무 몰려 있어서 불가능했다. 장현우도 앞뒤로 눌리는 바람에 꼼짝도 하지 못했다. 그러다가 앞에 등지고 있는 사람이 아까 자신에게 말을 걸었던 비니를 쓴 대학생이라는 걸 알아챘다. 뒤쪽에서 밀린 장현우가 자꾸 등을 누르자 대학생이 짜증이 섞인 몸부림을 쳤다. 장현우가 미안하다고 말하려는 찰나, 대학생이 고개를 돌렸다.

회백색 눈을 한 채로 말이다.

“헉!”

놀란 장현우가 떨어지려고 했지만 뒤에도 승객들이 꽉 차 있었다.

“앞에 좀비가 있어요! 이러다 우리 다 죽는다고요.”

장현우는 발버둥을 쳤지만 공포가 이성을 집어삼킨 상태라서 아무 소용이 없었다. 거기다 어쩐 일인지 모르겠지만 군데군데 좀비로 변한 사람들이 있었다.

“어떻게 된 거지? 저쪽 칸에서 넘어온 좀비는 아직 한 명밖에 안 물었는데.”

의문은 오래가지 않았다. 뒤쪽에서 누군가 그의 목을 감싸안은 채 뒷덜미를 물어 버린 것이다. 온몸을 관통하는 고통스러운 통증이 퍼져 나가면서 장현우는 괴성과 함께 몸부림을 쳤다. 고통을 털기 위해 노력했지만 오히려 더 많은 고통이 온몸을 찔러 댔고, 차츰 감정이 사라지면서 살육만이 남았다. 지난번처럼 입으로 피를 토한 장현우는 지하철의 천장을 올려다보며 괴성을 질렀다.

그렇게 좀비로 변한 장현우는 아직 변하지 않은 다른 승객들을 마구 물고 할퀴었다. 순식간에 지하철은 괴성과 신음 소리로 뒤덮였다. 그리고 승객들이 흘린 피로 인해 서 있기 어려울 정도로 미끄러워졌다. 좀비로 변한 장현우도 몇 번이고 미끄러지면서 제대로 일어나지 못했다.

그러다가 지하철이 뭔가와 부딪쳤는지 거센 충격을 받았다. 순간적으로 사람들이 붕 뜨면서 여기저기 부딪쳤다. 지하철은 큰 충격을 받은 후 옆으로 넘어졌는데 그러면서 벽 같은 것을 긁었는지 시멘트 가루가 먼지처럼 스며들었다. 강한 충격으로 사람이나 좀비나 모두 널브러진 채 꼼짝도 하지 못했다.

좀비로 변한 장현우는 머리 위에 걸쳐진 피 묻은 팔을 치우고 일어났다. 조명이 모두 꺼지면서 어둠이 쫙 깔렸고, 끊어진 전선줄에서 튀는 스파크가 간간이 보였다. 일단 나가서 새로운 먹잇감을 찾아야겠다는 생각에 두리번거리던 중 머리 위로 깨진 유리창이 보였다. 원래는 앉는 자리 뒤에 있던 창문이었지만 옆으로 넘어지면서 위로 올라가 버린 것 같았다. 장현우는 이제는 옆으로 눕혀진 기둥을 잡고 올라가서 창틀을 손으로 잡았다. 깨진 유리 조각들이 손바닥에 상처를 냈지만 상관없었다. 누군가를 먹어 치울 수만 있다면 말이다.

때마침 바로 앞에 승강장이 보였다. 아마 열차가 다음 역에 진입하다가 옆으로 넘어진 모양이었다. 장현우가 상체를 밖으로 내밀자 금이 가고 깨진 스크린 도어 너머로 사람들, 아니 먹잇감이 보였다. 흐릿한 회백색으로 보이는 먹잇감들을 본 장현우는 창문을 빠져나가기 위해 두 팔에 힘을 줬다.

그때, 옆으로 넘어졌던 지하철이 천천히 원위치로 돌아갔다. 그러면서 미처 빠져나오지 못한 장현우는 그대로 창문 밖으로 튕겨서 스크린 도어를 깨고 승강장으로 떨어졌다. 스크린 도어에 부딪친 충격이 어마어마했지만 이미 좀비가 된 장현우는 개의치 않았다. 인간들의 살을 씹고 피를 마실 생각에 아무런 고통도 느끼지 못한 것이다.

두 팔로 바닥을 짚고 일어나려고 했지만 상체만 섰을 뿐 일어나지 못했다. 시선을 돌리자 하체가 사라진 게 보였다. 고개를 들어서 스크린 도어 쪽을 바라보자 거기에 피범벅이 된 하체가 달라붙어 있었다. 스크린 도어의 깨진 부분에 베이면서 허리 아래가 잘려 나간 것이다.

하지만 장현우는 신경 쓰지 않았다. 두 팔을 이용해 빠르게 기어가면서 먹잇감을 찾았다. 그러다가 계단이 있는 곳까지 오게 되었고, 쓰러진 인간의 발목을 잡는 데 성공했다. 그러자 돌아선 상대방이 뾰족한 우산 끝으로 그의 눈을 찔렀다. 차갑고 딱딱한 우산의 끝 부분이 눈을 파고드는 섬뜩한 소리와 느낌 속에서도 장현우는 두 팔을 뻗어서 상대방을 잡으려고 안간힘을 썼다. 입으로는 쉴 새 없이 크르릉거리는 소리를 내면서 말이다.

또 다른 하루, 세 번째 날

"으아악!"

악몽은 비명과 함께 사라졌다. 너무나 기분 나쁜 악몽을 연달아 꾼 탓인지 뒷머리가 당길 정도로 아팠다. 혹시나 해서 손과 손등을 살펴보고 손가락으로 이빨을 꾹꾹 눌러 봤다. 그리고 마지막으로 조심스럽게 이불을 걷고 하반신이 있는지도 살폈다. 다행히 모두 멀쩡한 걸 확인한 장현우는 한숨을 쉬었다.

"휴, 꿈이었네, 꿈."

지랄 맞게 현실적이라는 생각을 하면서 침대에서 일어났다. 모니터 옆의 빈 콜라 캔도 그대로였고, 적당히 어질러진 집 안은 어제 저녁에 들어왔을 때랑 똑같았다. 장현우는 뒷머리를 긁으면서 중얼거렸다.

"무슨 놈의 꿈이 게임처럼 현실적이야."

궁금하긴 했지만 하루 일과를 찜찜하게 시작하고 싶지는 않았던 장현우는 서둘러 씻기로 했다. 그러다 혹시나 하고 창가로 가서 바깥을 살폈다. 하늘은 먹구름이 잔뜩 끼어 있어서 당장이라도 비가 내릴 것 같았다. 그걸 본 장현우는 기분이 괜히 안 좋아졌다.

"꿈이랑 똑같잖아."

그냥 무시하고 넘어가려고 했지만 혹시나 하는 마음에 리모컨을 들고 TV를 틀었다. 화면을 보던 장현우는 소스라치게 놀랐다.

"뭐, 뭐야!"

화면에서는 꿈에서 봤던 여자 아나운서가 똑같은 내용을 말하고 있는 중이었다.

[방금 들어온 뉴스를 전해 드리겠습니다. 어제 자정쯤에 서울 상공에서 강력한 빛이 목격되었다는 소식이 전해졌습니다.]

"으악!"

꿈에서 봤던 것과 같은 내용을 토씨 하나 틀리지 않고 얘기했고, 심지어 초대 손님도 꿈에서 봤던 그 연구소장이었다. 그 사람이 1976년 청와대 상공 어쩌고 했을 때 장현우는 놀라서 그 자리에 주저앉고 말았다.

"이게 어떻게 된 일이지?"

뺨을 때리고 꼬집어 봤지만 그때마다 통증이 느껴졌다. 지금까지는 꿈속의 내용처럼 진행되었다. 이제 밖으로 나가서 비가 내리는 거리를 지나 지하철역으로 가다가 좀비에게 물려 버리는 순서가 남았다.

"꾸, 꿈이 아니잖아."

그렇다면 좀비가 나타나는 것도 사실이었고, 물려서 좀비로 변하는 것도 똑같이 진행될 게 뻔했다. 이유는 알 수 없었지만, 같은 하루가 반복되고 있었다. 장현우는 예전에 봤던 영화의 설정들이 떠올랐다. 거기서도 어떤 이유에서 하루가 계속 반복되었다. 공포감에 머리가 조여드는 느낌이었다. 그러면서 별의별 생각들이 다 들었다.

"119! 아니 112에 신고해야 하나?"

휴대폰을 들었지만 차마 긴급 통화 버튼은 누르지 못했다. 좀비가 나타날 거라고 신고하면 비웃음을 당할 게 뻔했기 때문이었다.

"어떡하지?"

장현우는 손톱을 물어뜯으며 방 안을 빙빙 돌았다. 일단 지금이 꿈인지 현실인지, 게임 속인지, 메타버스 안인지, 아니면 큰 사고를 당해서 누워 있는데 머리에서 망상을 하는 것인지 알 수가 없었다. 그사이에 바깥에서는 비가 내리기 시작했다. 모니터 옆에 있는 알람 시계가 요란하게 울렸다. 황급히 다가가서 시계를 끄는데 빗줄기가 더 거세졌다. 지난번과 소름 끼치도록 똑같았다. 그걸 본 장현우는 결심했다.

"그래, 나가지 않으면 되잖아."

좀비가 나오는 영화나 드라마에서 봤던 공식이 떠올랐다. 가지 말라는 곳에 가고, 들어가면 안 된다고 말리는 곳에 들어가고, 안전한 곳이라고 얘기한 곳에 먼저 발을 들여놓으면 좀비에게 공격을 당하거나 심하게 다쳐서 버림을 받았다.

"그러니까 여기서 버티는 거야."

자가 격리를 하면 된다고 생각한 장현우는 차근차근 버틸 준비를 하기로 했다. 일단 싱크대에서 수돗물을 틀고 그릇 같은 곳에 받았다. 화장실은 욕조가 없어서 받기 어려웠지만 일단 양동이에 물을 받았다. 그리고 냉장고를 열어서 안을 확인했다. 여자친구가 준 김치와 밑반찬들이 좀 있었고, 엊그제 주문한 생수도 충분했다. 밥은 찬장에 햇반이 한 가득이었고, 비닐 팩에 든 곰

탕과 육개장도 꽤 있었다. 주전부리를 좋아한 탓에 사 놓은 과자와 육포도 제법 있어서 한동안은 버틸 수 있을 것 같았다.

"거기다 여긴 다세대 빌라 2층이잖아."

1층 현관은 비밀번호를 누르고 들어와야 했고, 문은 튼튼했다. 좀비가 사다리라도 가지고 있지 않는 한 2층으로 올라올 순 없었다. 유리창이 살짝 걱정이 되었지만 방범창이 있어서 잘해야 손을 밀어 넣는 정도였다.

"여기서 좀 버티다가 탈출하는 거야. 누가 구조하러 오겠지."

머리로 온갖 행복 회로를 돌리던 장현우는 골목길에서 들려오는 찢어지는 비명 소리를 들었다. 얼른 창밖을 내다보자 팽개쳐진 우산들이 바람에 떠밀려 가는 게 보였다. 골목길을 걷다가 좀비가 된 젊은 직장인이 괴성을 지르며 등교하던 학생의 등을 깨물었다. 그리고 다른 먹잇감을 찾다가 뒤에서 달려온 경차에 받쳐서 하늘 높이 떴다가 땅바닥에 떨어졌다. 머리부터 떨어지면서 목이 부러지는 소리가 요란하게 났다.

그런데 경차 운전자가 자기가 사람을 쳤다고 생각했는지 깜빡이를 켜고 차를 멈췄다. 그러고는 문을 열고 나와서 쓰러진 좀비에게 다가갔다.

"저, 저런."

장현우는 소리라도 치고 싶었지만 그랬다가는 들킬 거 같아서 그냥 지켜만 봤다. 운전자는 검정색 카디건을 입은 30대 직장 여성처럼 보였다. 그녀가 다가가자 빗물이 흐르는 골목길에 엎어져 있던 좀비가 일어나서는 곧장 그녀에게 덤볐다. 갑작스러운 공격에 놀란 그녀가 뒤로 물러나다가 넘어졌고, 좀비에게 깔려서 목덜미를 물어뜯겼다. 몸부림을 치던 그녀의 목에서 피가 주르륵 흘러서 빗물과 섞였다.

더 보기가 어려울 거 같아서 창문을 닫던 장현우의 머릿속에 갑자기 그녀가 떠올랐다. 오늘 만나서 청혼하기로 한 여자 친구 주현이 떠오른 것이다. 그녀는 아침 일찍부터 카페에 가서 일을 하는 습관이 있었다. 놀란 장현우는 얼른 휴대폰을 들고 그녀에게 전화를 걸었다. 이주현이라는 이름이 뜨고 잠시 후에 그녀가 전화를 받았다.

[일찍 웬일이야? 출근 안 해?]

"지금 그게 문제가 아니야. 지금 어디야?"

[어디긴, 올댓 카페지. 이번 주에 마감할 게 있잖아.]

역시 예상대로 일찌감치 카페로 가서 일을 하고 있었다. 전화기를 바꿔 잡은 장현우가 급하게 말했다.

"주변에 이상한 사람 없어?"

[이상한 사람? 지금 무슨 소리를 하는 거야? 차근차근 좀 말해 봐.]

"그럴 시간이 없어. 빨리 집으로 가서 문 꼭 잠가."

[바쁜데 자꾸 이상한 소리 할 거면 끊어.]

"주현아! 그게 아니라."

장현우가 설명을 더 하려고 하는데 전화기 너머에서 우당탕 하는 소리와 함께 비명이 들렸다.

"무슨 소리야, 이거?"

[몰라, 잠깐만. 어, 어! 어!]

찢어지는 그녀의 비명과 함께 툭 하는 소리가 들렸다. 아마도 그녀가 휴대폰을 떨어뜨린 것 같았다. 그 뒤로 크르르거리는 소리와 살려 달라는 외침이 이어졌다. 생각지도 못한 상황에 장현우는 집에서 버티겠다는 생각이 송두리째 사라졌다. 일단 무기가 될 만한 걸 찾아야 해서 집 안을 두리번거렸다. 하지만 부엌칼을 제외하고는 쓸 만한 무기가 떠오르지 않았는데 그것으로는 부족할 거 같았다. 이리저리 고민하던 장현우는 결국 현관 문 옆에 있는 접이식 빨래 건조대의 알루미늄 뼈대를 하나 뽑아 들었다. 그리고 심호흡을 하면서 문을 열었다.

문 앞에서 딱 버티고 있던 옆집 아저씨의 회백색 눈과 마주쳤다. 건설 현장에서 타일 기술자로 일하는 아저씨는 아내와 이혼하고 혼자서 살고 있었다. 늘 오래된 코란도 지프를 몰고 다녔는데, 자식들도 다 결혼하고 가끔 손주들 보러 가는 게 유일한 낙이라면서 소주잔을 기울이곤 했다. 신세 한탄하는 게 별로였지만 술은 잘 사 주는 편이고, 결혼식 때 축의금을 많이 내 줄 거라고 해서 장현우도 가깝게 지내는 편이었다. 그런데 그 아저씨가 언제 물렸는지 알 수 없는 상태로 나타난 것이다.

"아, 아저씨?"

하지만 눈이 회백색으로 변한 아저씨는 장현우의 인사에는 대답도 하지 않고 덤벼들었다. 장현우는 들고 있던 알루미늄 뼈대를 휘둘렀지만 아무 소용이 없었다. 뒤로 넘어지면서 뒷머리가 심하게 부딪쳤지만 고통을 느낄 틈도 없었다. 좀비로 변한 아저씨가 목덜미를 질겅질겅 씹어 먹었기 때문이었다. 사방으로 피가 튀고, 온몸을 관통하는 아픔이 느껴졌다. 장현우는 축 늘어져 있던 몸에 전류 같은 게 흐르면서 튕겨져 일어났다.

장현우의 목을 성공적으로 뜯어 먹은 옆집 아저씨는 입가가 피범벅이 된 채 다른 먹잇감을 찾아 다시 복도를 서성거렸다. 비틀거리며 일어난 장현우는 시야가 차츰 회색으로 변하는 것을 깨닫고는 절규했다. 또다시 좀비로 변한다는 건 견디기 힘든 일이었다.

"안 돼!"

비틀거리며 집 안으로 들어간 장현우는 싱크대로 가서는 떨리는 손으로 부엌칼을 꺼냈다. 목을 그으려고 했지만 좀비가 되는 과정이라 그런지 손이 너무 떨리는 바람에 실패하고 말았다.

"어, 어쩌지."

장현우는 시간이 없다는 생각에 초조해졌다. 경험상 이러다가 의식이 완전히 사라지면 끝이었다. 주변을 두리번거리던 장현우는 현관 문 옆의 벽을 보고는 결심했다. 칼을 거꾸로 잡고 이마에 칼끝을 갖다 댄 후 그곳을 향해 뛰었다.

"으아악!"

뛰면서 계속 지르던 고함은 중간에 크르릉거리는 괴성으로 바뀌었다. 하지만 뛰던 속도는 줄지 않았고, 결국 벽에 부딪치면서 칼끝이 이마를 뚫고 머리에 깊숙하게 박혔다. 좀비로 변한 장현우는 손으로 벽을 몇 번 긁다가 뒤로 넘어졌다. 칼이 꽂힌 이마에서 흘러나온 피가 회색으로 변한 장현우의 시야를 붉은색으로 덮어 버렸다.

또 다른 하루, 네 번째 날

"으아악!"

악몽은 비명과 함께 사라졌다. 장현우는 놀라서 얼른 목을 만져 봤지만 멀쩡했다. 그때서야 자신이 침대에 누워 있다는 걸 깨닫고는 또 놀랐다.

"대체 어떻게 돌아가는 거야?"

벌떡 일어난 장현우는 일단 창밖을 살펴봤다. 먹구름이 낀 걸 보며 턱이 빠지게 한숨을 쉬었다.

"도돌이표네."

무슨 이유인지는 알 수 없지만, 같은 하루가 반복되는 것 같았다.

"혹시 가상 현실 게임이야?"

며칠 전에 장현우는 머리에 쓰고 즐기는 게임기를 사려고 가격을 알아본 적이 있었다. 가격이 너무 비싼 데다가 게임이라면 질색하는 주현이 때문에 포기하고 말았다. 하지만 혹시나 게임기를 질러 버린 게 아닌가 싶어서 뺨을 꼬집고 손등을 깨물어 봤지만 너무 아팠다. 어쨌든 현실이 계속 반복되는 게 분명했다. 장현우는 설마 하는 생각에 서둘러 TV를 틀었다. 그러자 서울 상공에서 빛 어쩌고 하는 뉴스가 아니라 다른 뉴스가 나왔다.

"그럼 그렇지."

뭔가 착각한 게 분명했다. 여자 친구 몰래 프러포즈할 준비를 하느라 스트레스를 받아서 그런 걸까? 안도의 한숨을 쉬면서 화장실로 가려는데 갑자기 뉴스가 바뀌었다.

[방금 들어온 뉴스를 전해 드리겠습니다. 어제 자정쯤에 서울 상공에서 강력한 빛이 목격되었다는 소식이 전해졌습니다.]

어처구니가 없어진 장현우는 입을 벌린 채 TV를 바라봤다. 어제 나온 뉴스 그대로 토씨 하나 틀리지 않았고, 연구소장도 그대로 나와서 1976년 청와대라는 얘기를 꺼냈다. 화가 난 장현우는 신경질적으로 TV를 껐다. 그리고 침대에 걸터앉아 쓴웃음을 지었다.

"이제 좀비만 나타나면 되는 거네."

첫 번째 날에는 아무것도 못 하고 당했고, 두 번째 날은 지하철까지 갔지만 거기서 당했다. 세 번째 날은 집 안에서 버티려고 하다가 당했다. 오늘도 잠시 후면 좀비들이 나타나서 세상이 뒤집어질 게 뻔했다. 여자 친구는 아무것도 모르고 카페에서 일을 하고 있는 중이었다. 짧은 순간에 계산을 한 장현우가 중얼거렸다.

"일단 주현이한테 얘기해서 안전한 곳으로 피하라고 하고, 거기서 만나서 어떻게든 도망쳐야겠어."

씻을 시간도 없었기 때문에 서둘러 청바지를 입고 후드 티셔츠를 입은 다음 야구 모자를 썼다. 그리고 지갑과 휴대폰, 충전기와 여자 친구에게 줄 반지를 챙겨서 밖으로 나왔다. 일찍 나온 탓인지 자기 집으로 들어가는 옆집 아저씨도 못 봤고, 아직 비가 올 기미만 보일 뿐 빗방울이 떨어지지는 않았다. 차와 사람으로 가득한 골목길을 후다닥 뛰어나온 장현우는 큰길로 나오자마자 보이는 택시를 탔다. 그리고 재빨리 문을 닫으며 기사에게 말했다.

"아저씨, 청환동으로 가 주세요. 거기 지하철역 있는 사거리로요."

알겠다고 대답한 기사가 차를 출발시켰다. 전기차라 그런지 소리가 별로 들리지 않았다. 장현우는 택시가 출발하자마자 여자 친구 주현에게 전화를 걸었다.

[어, 일찍 웬일이야?]

“지금 올댓 카페지?”

[여기 와 있는지 어떻게 알았어?]

장현우는 천진난만하게 좋아하는 여자 친구의 목소리에 속이 바짝 탔다. 하지만 최대한 조심스럽게 말했다.

“거기서 집까지 5분이면 가지?”

[그럼. 와 봤잖아, 오빠도.]

“지금 집으로 가고 있으니까 주현이도 빨리 짐 챙겨서 집으로 가 있어.”

[집에? 오빠 오늘 출근해야 하는 거 아니야?]

영문을 몰라 하는 여자 친구에게 장현우가 차분하게 말했다.

“아, 일이 있어서 쉰다고 했어. 주현이한테 줄 선물이 있어서 말이야. 집에서 주고 싶어.”

[선물? 혹시?]

그녀가 말을 잇지 못했다. 최대한 비밀리에 준비하긴 했지만 눈치 빠른 여자 친구라 어느 정도는 짐작했을 것 같다. 얘기가 잘 풀린다는 사실에 속으로 안도의 한숨을 쉰 장현우가 차분하게 말했다.

“맞아. 집에서 조용히 주고 싶어서 그런 거야. 오빠 택시 타고 가고 있으니까 얼른 집에 들어가 있어. 알았지?”

[아, 알았어.]

서둘러 전화를 끊은 그녀가 노트북을 챙기는 모습을 상상하면서 장현우는 한숨을 쉬었다. 꿈인지 뭔지는 모르겠지만 어제 서울 상공에서 이상한 빛이 목격되었다는 뉴스가 나오고 비가 오면 좀비들이 나타났다. 그 전에 어떻게든 안전한 곳으로 가서 버텨야만 했다. 모든 게 잘되어 간다고 생각할 무렵, 갑자기 비가 쏟아지기 시작했다. 그러면서 도로가 서서히 막혀서 속도를 늦추던 택시가 결국은 멈춰 서고 말았다. 기사가 손가락으로 핸들을 툭툭 치면서 투덜거렸다.

"출근 시간에 비까지 오니까 막히네."

장현우 역시 초조하기는 마찬가지였다. 여자 친구 집까지 이제 절반 정도밖에 오지 못했기 때문이었다. 다행히 정체는 곧 풀려서 택시가 다시 움직이기 시작했다. 그사이 빗줄기가 더 심해지면서 택시 기사가 와이퍼를 작동시켰다. 서서히 속도가 높아지면서 초조했던 마음을 다시 누그러뜨릴 수 있었던 장현우는 좌석 등받이에 몸을 기댔다. 그리고 택시에서 내려 어떻게 그녀의 집으로 가서 버틸지 머리로 그려 봤다. 그런데 갑자기 택시 기사의 목소리가 높아졌다.

"어, 무슨 일이지?"

고개를 든 장현우는 와이퍼 사이로 보이는 도로 앞쪽을 쳐다봤다. 도로를 달리던 차들 중 몇 대가 갑자기 좌우로 미친 듯이 요동친 것이다. 순식간에 여러 대의 차량이 접촉 사고가 났고, 그중 한 대는 아예 버스 전용 차선으로 넘어가서 버스 정류장에 있던 파란색 버스의 옆구리를 들이받았다.

"단체로 술을 처먹었나? 왜 저래?"

버스 옆구리를 들이받은 차는 다시 튕겨 나와 옆으로 넘어져 버렸다. 택시 안이라 잘 들리지는 않았지만 요란한 소리가 났는지 버스 정류장에 있던 사람들이 비명을 질렀다. 다행히 택시 기사가 능숙하게 핸들을 꺾어서 옆으로 지나갈 수 있었다. 장현우는 옆으로 스쳐 지나가는 광경을 바라봤다. 옆으로 쓰러진 차량의 찌그러진 보닛에서 하얀 연기가 치솟고 있었다. 걱정이 된 장현우가 택시 기사에게 물었다.

"저러다 터지는 건 아니겠죠?"

"에이, 요즘 차들은 저런다고 안 터져요. 차는 폐차시켜야겠지만."

큰 위기는 넘겼지만 앞선 차들이 이상하게 비틀거리는 바람에 더 이상 가지 못하고 멈추고 말았다. 거기에 한술 더 떠서 이제는 사람들이 차도로 뛰어들었다. 삑삑거리며 움직이는 와이퍼 너머로 사람들이 파도처럼 몰려오는 게 보였다. 택시 기사가 주변을 두리번거리며 중얼거렸다.

"어디 불이라도 난 건가? 다들 왜 도망치는 거지?"

그러다가 한 명이 백미러를 부수고 지나가자 택시 기사가 발끈하며 운전석 창문을 열었다. 백미러를 부순 사람은 이미 사라지고 없었지만 기사는 비가 쏟아지는 운전석 밖으로 몸을 내밀고는 주먹질을 했다.

"야! 이 새끼야! 미쳤어!"

덕분에 뒷좌석까지 빗물이 몰아치는 바람에 장현우는 저절로 몸이 움츠러들었다. 다행히 택시 기사 역시 비를 더 맞기 싫었는지 금방 운전석 창문을 닫았다. 옷에 묻은 빗물을 털어 내면서 투덜거리는데 갑자기 사람이 달려와서 전면 유리창을 들이받았다. 택시가 흔들릴 정도로 요동쳤고, 전면 유리창은 금이 쫙 갔다. 놀란 택시 기사가 팔로 얼굴을 가리면서 소리쳤다.

"이게 웬 미친놈이야!"

택시의 전면 유리창을 들이받은 사람을 본 장현우는 그대로 굳어 버렸다. 목덜미에서는 피가 펑펑 흘러나오고 있었고, 얼굴도 피투성이인 데다가 눈이 회백색으로 변해 있었기 때문이었다. 반복된 지난날에서 봤던 좀비와 똑같았다. 택시 기사도 놀랐는지 눈이 휘둥그레진 채 장현우를 돌아봤다.

"저거, 좀비 아니야, 좀비!"

이 와중에 택시 기사가 좀비를 알고 있어서 내심 반가웠던 장현우가 고개를 끄덕거렸다.

"그런 거 같아요."

"근데 저게 왜 지금 나타나지? 원래 핵폭탄 터지고 방사능 누출되어야 생기는 거 아니오?"

"그게 맞긴 한데, 뭐가 뭔지 잘 모르겠어요."

장현우는 사실 며칠 전부터 봤고, 계속 반복된다는 얘기는 차마 하지 못했다. 그사이 택시의 보닛에 올라간 좀비는 자기 머리가 망치라도 되는 것처럼 전면 유리창을 들이받았다. 처음에는 멀쩡하던 유리창이 점점 금이 가기 시작했다. 그뿐만이 아니었다. 도로를 달리던 사람들 중에도 좀비가 섞여 있었는지 사람들을 마구 물어뜯으면서 숫자가 늘어난 좀비들이 택시 주변에 달라붙었다. 다급해진 장현우가 택시 기사에게 말했다.

"일단 그냥 뚫고 나가요."

"그, 그럽시다. 꽉 잡아요."

택시 기사가 액셀을 밟자 택시가 움직이기 시작했다. 멈춰 있는 차들을 이리저리 치면서 앞으로 나갔다. 그러다가 아예 버스 중앙 차로와 붙어 있는 버스 정류장으로 살짝 올라가서 다른 차들을 비켜 나갔다. 그 와중에 보닛에 매달려 있던 좀비는 옆으로 떨어졌고, 매달리려고 하던 좀비 몇을 더 치었다. 밟고 넘어가는 지 심하게 털컹거리기도 했다. 그래도 요리조리 차와 좀비들을 피해 가면서 조금씩 앞으로 나아가서 장현우는 그나마 안심이 되었다.

뒤편으로 보이는 풍경은 그야말로 지옥이나 다름없었다. 비에 흠뻑 젖은 좀비들이 사방으로 뛰어다니면서 인간들을 쫓아다녔고, 여기저기 충돌한 차들의 보닛에서는 흰 연기가 치솟는 중이었다. 옆으로 부딪친 차 사이에 낀 좀비는 괴성을 지르며 빠져나오려 애쓰고 있었다. 장현우는 어쨌든 여기만 벗어나면 괜찮아질 거라는 희망을 가진 채 주변을 돌아봤다. 빗줄기는 점점 더 심해졌지만 어쨌든 잘 빠져나갈 거 같았다.

그런데 잘 나가던 택시가 갑자기 좌우로 흔들렸다. 처음에는 앞에 차가 있거나 좀비들이 막고 있어서 그런 거라고 생각했지만 오히려 차와 사람들을 치면서 앞으로 나가는 중이었다. 놀란 장현우가 소리쳤다.

"아저씨! 뭐 하시는 거예요?"

하지만 택시는 여전히 좌우로 움직이다가 결국 인도로 넘어가서 전봇대를 들이받았다. 잘 나가다 갑자기 왜 이러는지 화가 난 장현우가 택시 기사의 어깨를 잡아당겼다.

"아저……."

택시 기사의 변해 버린 회백색 눈을 본 장현우는 말을 끝맺지 못했다. 눈이 회백색으로 변하고 입에서 거품을 질질 흘리는 택시 기사가 장현우에게 덤벼들었다.

"으악!"

놀란 장현우가 두 팔로 얼굴을 가린 채 몸을 숙였다. 다행히 좀비로 변한 택시 기사가 안전벨트를 매고 있어서 뒷좌석으로 넘어오지는 못했다. 한숨 돌리려는 찰나, 좀비 하나가 다시 보닛 위로 뛰어올랐다. 그리고 머리와 손으로 전면 유리창을 마구 두드렸다. 금이 가 있던 전면 유리창은 이제 깨져서 부서지기 시작했다.

택시 기사도 좀비가 되어 버린 상태라서 장현우는 일단 택시에서 빠져나가기로 했다. 옆문을 열고 나온 장현우가 쏟아지는 빗줄기를 올려다봤다. 좀비들의 눈을 닮은 회백색 하늘이 보였다. 주변을 살펴보는데 멀리 청환역이 있었다. 저곳에서 여자 친구 집까지는 얼마 떨어져 있지 않았다.

일단 뛰기로 한 장현우는 뒤에서 들려오는 좀비의 으르렁거리는 소리에 잽싸게 옆으로 피했다. 두 팔을 벌린 채 달려오던 좀비가 부풀어 있는 정육점 풍선 광고 인형에 걸려서 나뒹굴었다. 장현우는 그 옆에 판매품의 시세가 적혀 있던 작은 접이식 입간판을 집어 들었다. 그리고 다시 일어나서 덤비려는 좀비의 머리를 후려쳤다. 꽈직 하는 소리와 함께 좀비가 빗물 위로 쓰러졌다.

"그래, 머리를 때리면 되는 거였구나."

장현우는 입간판을 방패처럼 들고 덤벼드는 좀비를 밀쳐 버리거나 머리를 내리쳤다. 다행히 좀비와 사람이 엉켜 있고 비가 심하게 내려서 어느 정도 여유가 있었다. 정육점을 지나자 지하철역이 있는 사거리가 보였다. 이곳에서 오른쪽 오르막길로 가면 여자 친구가 사는 원룸이 나왔다. 3층인 데다가 창문에 쇠창살이 있어서 어느 정도는 버틸 수 있을 것 같았다.

골목길 어귀에 들어서자 좀비들도 보이지 않았다. 사람들이 버리고 간 우산들이 빗물과 바람을 타고 흘러갔다. 골목길에 접어들자 길이 좌우로 비스듬하게 갈라지고, 가운데에는 여자 친구가 종종 가던 네일 아트 숍이 보였다.

"저기서 왼쪽으로 가서 편의점만 지나면 금방이네."

왼쪽 골목에 그녀와 함께 넷플릭스를 볼 때 마실 맥주와 마른안주를 사던 편의점의 간판이 희미하게 보였다. 꿈인지 현실인지 알 수 없는 상황이 반복되었지만 어쨌든 그녀가 있는 곳까지 무사히 도착했다. 이제 골목을 조금 올라가서 편의점을 지나면…….

희망에 부풀었던 그의 생각이 차츰 어그러지기 시작했다. 온몸이 비에 젖은 솜처럼 축 늘어지기 시작한 것이다. 마음이 급한 장현우는 힘을 내려고 했지만 한번 균형을 잃은 몸은 좀처럼 힘을 되찾지 못했다.

"왜, 왜 이러지? 급해 죽겠는데?"

다리에 힘이 풀려서 걷다가 몇 번이고 넘어졌는데 이상하게도 통증이 느껴지지 않았다. 그 와중에 구두가 벗겨졌다. 하지만 구두를 다시 신어야 한다는 생각은 들지 않았다. 대신, 뇌가 지글지글 타오르는 느낌과 함께 살육에 대한 목마름이 스멀스멀 흘러나왔다. 장현우는 목을 쥐어뜯으면서 중얼거렸다.

"안 돼, 여기서 좀비가 되면."

여자 친구가 사는 원룸의 창문이 흐릿하게 보였다. 그곳으로 가야 한다는 생각은 뒷덜미를 파고드는 충격과 함께 사라졌다. 마치 긴 송곳이 목덜미를 파고들어서 척추를 뚫고 후벼 파는 것 같은 통증이 엄습해 온 것이다. 장현우는 뻣뻣이 서서 두 손을 허우적거렸다. 보이지 않는 송곳을 뽑아 버리고 싶었지만 그럴 수는 없었다.

통증이 사라지고 차츰 시야가 어두워졌다. 그것이 무엇을 의미하는지 잘 알고 있는 장현우는 어떻게든 버텨 보려고 했다. 무엇보다 좀비가 된 이후 느끼게 되는 감정이 너무나 고통스러웠기 때문이었다. 하지만 그의 의지와는 상관없이 팔과 다리가 뻣뻣해지면서 눈앞이 흐려졌다.

사라져 가는 감정을 붙잡기 위해 미친 듯이 몸부림을 치던 장현우의 눈에 빠른 속도로 내려오는 경차가 한 대 보였다. 그걸 본 장현우는 마지막 의지를 쥐어짜서 눈을 질끈 감은 채 경차를 향해 달려들었다. 그리고 머리로 전면 유리창을 들이받았다.

목이 부러질 것 같은 충격이 느껴졌지만 그 후로 차츰 통증이 사라졌다. 눈을 뜨자 머리가 전면 유리창을 뚫고 경차 안으로 들어간 것을 알 수 있었다. 핸들을 잡고 있던 안경 쓴 중년 여성이 그를 바라보며 미친 듯이 비명을 질렀다. 뒷자리에는 유치원복을 입은 아이가 타고 있었다. 아마, 아이를 유치원에 데려다주려고 경차를 몰고 나온 것 같았다.

전면 유리창에 낀 장현우의 목에서 울컥거리며 피가 쏟아져 나왔다. 하지만 아픔 같은 건 이미 느끼지 못했고, 오직 눈앞의 사람을 물어뜯고 말겠다는 마음만 남았다. 좀비가 된 장현우는 두 손으로 전면 유리창을 마구 내리쳤다. 그러자 중년 여성은 비명을 지르며 브레이크를 밟았다. 그 바람에 좀비가 된 장현우는 앞쪽으로 튕겨 나갔다. 바닥에 떨어지면서 뼈가 부러지는 소리가 들렸지만 통증은 없었다.

쏟아지는 비를 맞으며 그가 천천히 일어났다. 그런데 세상이 거꾸로 보였다. 바닥에 붙어 있어야 할 경차는 위쪽에 거꾸로 붙어 있었고, 우왕좌왕하는 사람들과 그들을 쫓는 좀비들도 거꾸로 매달려서 뛰어다니고 넘어지고 있었다. 의문점은 골목길에 있는 전파상의 전면 유리를 통해 풀렸다. 경차에서 떨어지면서 머리가 거의 잘려진 채 목에 거꾸로 대롱대롱 매달려 있었다. 거기에 온몸의 뼈가 부러졌기 때문에 사람이라면 엄청난 고통과 함께 사망에 이를 정도의 상처였겠지만 좀비가 되어 버린 장현우는 멀쩡하게 걸을 수 있었다.

거꾸로 된 세상을 돌아보던 장현우는 자신을 향해 다가오는 경차를 발견했다. 전면 유리창이 다 깨져서 그 안의 먹잇감들이 아주 잘 보였다. 장현우는 다가오는 먹잇감들을 향해 두 팔을 활짝 벌리며 덤벼들었다가 경차에 치이고 말았다. 몸통과 분리된 목이 데굴데굴 굴러가면서 혼란에 빠진 세상을 스쳐 지나갔다. 예전에 놀이공원에 가서 엄마와 함께 탔던 다람쥐 통을 떠올리던 장현우는 곧 의식을 잃어버렸다.

또 다른 하루, 다섯 번째 날

"으아악!"

악몽은 비명과 함께 사라졌다. 이불을 걷고 일어난 장현우는 두 손으로 목을 조심스럽게 만졌다. 다행히 머리가 떨어져서 대롱대롱 매달려 있는 불상사는 없었다. 그걸 확인하자마자 침대에서 일어난 장현우는 곧장 창가로 갔다. 창문 너머의 하늘이 회백색으로 흐렸고, 방 안의 모습들이 어제와 같다는 것을 깨닫자 안도감 대신 공포감이 들었다.

"이게 대체 무슨 일이지?"

같은 날이 매일매일 반복되고 있는 중이었다. 처음에는 꿈이라고 생각했지만 이렇게까지 반복되는 것이 꿈일 리는 없었다. 혹시나 해서 뺨을 때리고 꼬집어 봤지만 굉장히 아팠다.

"망할, 대체 뭐지?"

영화 같은 데서 같은 시간대나 하루가 반복되는 것을 본 적은 있었다. 하지만 자신이 거기에서 빠져나오지 못하고 있다는 사실에 장현우는 어쩔 줄 몰라 했다.

"어떻게 된 게 무슨 수를 써도 좀비가 되어 버리는 거지?"

좀비가 된 이후의 상황이 너무 끔찍했기 때문에 무슨 현상으로 인해 하루가 반복되는지 모르겠지만 어떻게든 피하고 싶었다. 거기다 사랑하는 여자 친구가 그런 세상에 홀로 남겨지는 것도 싫었다. 그러려면 어떻게든 좀비가 되는 걸 피해서 여자 친구의 집까지 가야만 했다. 뒷머리를 긁적거리면서 생각에 잠겨 있던 장현우는 중요한 사실을 하나 깨달았다.

"어제는 그 전처럼 좀비에게 물리지 않았잖아. 그런데도 좀비로 변했어. 거기다 내가 탄 택시의 기사도 물리지 않았는데 좀비로 변했어. 물리지 않았는데도 말이야."

그 전까지는 좀비에게 물리고 나서 좀비로 변했다. 그래서 좀비를 피하기 위해 애를 썼었다. 그런데 이번에는 물리지 않고도 좀비로 변했다. 장현우는 차분해지려고 애를 쓰면서 이유를 찾아보았다.

"원래 물려야 좀비가 되는 거잖아."

그 이유를 찾지 못하면 무슨 수를 써도 좀비가 될 수밖에 없었다. 고민을 하던 장현우는 알람 시계가 울리는 소리에 깜짝 놀랐다. 침대에서 알람을 끈 다음에 일어나서 창밖을 내다봤다. 하늘이 좀비 눈과 닮은 회색인 것을 본 장현우는 한숨을 쉬었다.

"여기 있으면 여자 친구를 구할 수 없고, 나간다고 해도 시간이 지나면 그냥 좀비가 되는 거잖아."

눈 딱 감고 여자 친구를 포기하고 혼자 이곳에서 버텨 봤자 방 안에 있는 좀비가 되는 것뿐이었다. 장현우는 손톱을 물어뜯으며 방 안을 빙빙 돌았다.

"방법이 있을 텐데, 방법이."

물리지 않고 좀비가 되었다면 뭔가 다른 이유로 좀비가 된 것 같았다.

"공기? 아니지. 그럼 일어나자마자 좀비가 되었겠지."

도무지 생각이 나지 않아서 계속 시간만 흘러갔다. 그사이에 창밖에서는 비가 쏟아졌다. 비가 쏟아지고 나서 무슨 일이 벌어졌는지 알고 있는 장현우는 우울한 눈으로 비를 바라봤다. 지금 카페에서 아무것도 모른 채 일을 하고 있는 여자 친구가 마음에 걸렸지만 그냥 뛰쳐나갈 수는 없었다.

창가에 서서 고민을 계속하던 장현우는 큰길로 나가는 골목길을 무심코 바라봤다. 강한 바람과 함께 쏟아지는 비 때문에 다들 안간힘을 쓰며 우산을 잡고 있었다. 그러다가 교복을 입은 여학생 한 명이 거센 바람에 우산을 놓치고 말았다. 검정색 우산은 마치 살아 있는 것처럼 골목길을 거슬러 올라갔다. 당황한 여학생은 왔던 길을 돌아가면서 우산을 쫓아갔다. 하지만 우산은 잡힐 것 같으면서 다가오면 또다시 날아갔다.

그러다가 여학생이 빗물에 미끌거리는 골목길에서 넘어지고 말았다. 그 바람에 우산은 더 멀리 굴러갔는데, 같은 교복을 입은 남학생이 골목길을 내려오다가 발로 우산을 잡았다. 그리고 손잡이를 잡아서 헐레벌떡 달려오는 여학생에게 건네줬다. 그걸 본 장현우가 중얼거렸다.

"자식, 멋지네."

남학생이 건네준 우산을 받은 여학생은 고맙다는 듯 남학생을 끌어안았다. 가볍게 끌어안은 게 아니라 마치 포옹을 하는 것처럼 꽉 끌어안아서 지켜보던 장현우는 잠시 후에 벌어질 상황에도 불구하고 웃고 말았다.

"하여간, 요즘 애들은."

하지만 끌어안은 여학생이 마치 남학생의 목을 물어뜯는 것 같은 자세를 취하고, 남학생이 버둥거리면서 뿌리치려는 모습을 보면서 웃음이 싹 가셨다. 거기에 남학생의 얼굴로 피가 쫙 튀는 걸 보고 장현우는 비로소 상황을 깨달았다.

"여학생이 좀비로 변했네."

그게 시작이었는지 골목길에서는 곳곳에 좀비들이 나타났다. 그러고는 아직 살아 있는 사람들을 닥치는 대로 공격했다. 그걸 본 장현우는 물리지 않고도 좀비가 된 이유를 깨달았다.

"비, 비 때문이었어."

우산을 떨어뜨린 여학생은 날아가는 우산을 쫓아가면서 내내 비를 맞았다. 지난번에 좀비로 변한 택시 기사도 중간에 창문을 열면서 비를 맞았다. 그리고 장현우 역시 밖으로 도망치다가 비를 맞았다. 그러면서 TV 뉴스에서 봤던 내용이 떠올랐다.

"어젯밤에 서울에 이상한 빛이 내리쬐었다고 했잖아. 혹시 그것 때문에?"

왜 매일 같은 날이 반복되는지는 알 수 없지만, 최소한 한 가지는 밝혀졌다. 비를 맞으면 좀비로 변한다는 것이다.

"그러니까 비가 오기 전에 여자 친구 집으로 들어가면 되겠네."

명확한 원인을 알아내면서 답을 찾았다. 장현우는 컴퓨터를

켜서 여자 친구 집 주변을 꼼꼼하게 살펴봤다. 여자 친구에게 전화를 해서 비가 오기 전에 집으로 돌아가게 할 수는 있었다. 하지만 장현우가 그곳까지 가려면 무조건 비를 맞아야만 했다. 그리고 그 비를 맞고 변해 버린 좀비들과도 싸우면서 가야만 했다. 그런데 직접 좀비가 되어 보니까 웬만해선 이길 수가 없었다.

"아픔이나 고통을 모르고, 사람만 보면 무조건 물려고 덤벼들잖아."

따라서 좀비들이랑은 웬만하면 마주치지 않아야만 했다. 그런데 여자 친구의 집으로 가려면 버스나 택시, 그리고 지하철을 타도 비가 오기 전까지 도착하는 건 불가능했다. 우산을 여러 개 가져가서 비를 맞지 않는다고 해도 사방이 좀비라면 방법이 없었다.

"뛰어가는 건 도저히 안 되는데."

장현우는 생각에 빠진 채 여자 친구의 집 주변 골목길을 살펴봤다. 그곳은 아침이나 저녁이나 별로 오가는 사람들이 없었다. 그리고 지금 좀비들로 난리가 난 골목길을 좀 돌아가면 그곳과 연결되었다. 한밤중에 오갈 때 택시 잡기가 귀찮으면 종종 이용한 기억이 났다. 돌파구를 찾았다는 생각이 들었지만 곧 벽에 부딪혔다.

"걸어서 20분 정도 걸렸잖아. 뛰어도 10분 컷인데."

고민을 하던 장현우는 한 가지 아이디어가 떠올랐다. 그 방법을 쓰면 완벽할 거 같았다. 움직여 볼까 했지만 창밖의 풍경을 보고는 포기해 버렸다. 이미 비는 내리고 있었고, 세상은 좀비 천지가 되어 버렸기 때문이었다. 카페에서 그림을 그리고 있던 여자 친구도 이미 좀비가 되었을 것이다. 두 번째처럼 이곳에서 버텨 볼까 했지만 그럴 수는 없었다.

"물리면 아픈데."

잠깐 고민하던 장현우는 마음을 단단히 먹고 현관문을 열었다. 그러자 좀비로 변해 버린 옆집 아저씨가 보였다. 장현우는 목을 들이밀면서 말했다.

"살살 물어……."

말이 채 끝나기도 전에 덤벼든 옆집 아저씨가 장현우를 밀쳐서 쓰러뜨리고는 목을 물어뜯었다. 몇 번 겪어 봤지만 적응하기 힘든 고통들이 차례차례 느껴지면서 장현우도 좀비로 변해 갔다. 지난번처럼 옆집 아저씨가 입가가 피범벅이 된 채 사라지고, 눈을 껌뻑거리던 장현우는 튕기듯이 일어났다. 그리고 지난번처럼 부엌으로 가서 칼을 꺼냈다. 이마에 칼끝을 갖다 댄 채 장현우가 벽을 향해 뛰어갔다. 서걱거리는 소리가 들리고, 차가운 칼끝이 이마를 뚫고 들어왔다. 그리고 어둠이 찾아왔다.

또 다른 하루, 여섯 번째 날

"으아악!"

악몽은 비명과 함께 사라졌다. 오늘도 지난번과 다를 바 없는 집 안 풍경을 확인한 장현우는 침대에서 일어나 창밖을 보았다. 회색의 구름이 서서히 몰려드는 걸 본 그는 빠르게 움직이기로 했다. 바로 바지와 티셔츠를 입고 그 위에 윈드점퍼를 입고 지퍼를 채웠다. 그러면서 스피커폰으로 여자 친구에게 전화를 걸었다.

[어, 오빠.]

"카페 있지. 지금, 올댓에."

[어떻게 알았어? 족집게네.]

유쾌하게 웃는 여자 친구의 모습을 떠올리며 잠깐 미소를 지은 장현우가 서둘러 말했다.

"지금 네 집으로 가려고 해. 정리하고 집으로 가 있어."

[왜? 방금 왔는데.]

"선물 줄 게 있어서 그래."

[무슨 선물, 설마!]

여자 친구의 목소리가 떨렸다. 가슴이 아파 온 장현우가 빠르게 말했다.

"그래서 오늘 회사도 쉰다고 했어. 그러니까 집에 가서 오빠 기다려. 금방 갈게."

[아, 알았어.]

"비 오기 전에 들어가야 해, 알았지?"

[그럴게. 어차피 우산도 안 가져왔어.]

통화를 끝낸 장현우는 옷장을 열고 위쪽으로 손을 뻗어서 비옷을 꺼냈다. 올봄에 캠핑을 간다고 할 때 혹시 몰라서 사 둔 판초 우의 스타일의 두툼한 비옷이었다. 그걸 뒤집어쓰고 재작년 스키장에 갔을 때 쓴 두툼한 스키 장갑을 꼈다. 그리고 현관의 서랍에서 꺼낸 고무테이프로 손목 부분을 둘둘 감아서 빗물이 새어 들어오지 못하게 했다. 그다음에는 비 올 때 쓰던 장화를 꺼내서 신고 역시 발목 부분을 고무테이프로 감았다. 비옷을 입고 급하게 움직이니까 벌써 온몸이 땀으로 젖었다. 하지만 비가 오기 전에 빨리 가야 했기 때문에 쉴 틈이 없었다.

발목까지 완전히 감고 나서 얼굴을 가려야 한다는 걸 뒤늦게 깨달았다. 황급히 서랍을 뒤져서 재작년 스키장에 갔을 때 쓴 스키 마스크를 꺼냈다. 스키와 플라스틱 마스크가 결합된 형태라서 빗물을 막을 수 있었다. 그걸 쓰고 비옷의 모자를 눌러쓴 후에 고무테이프로 칭칭 감았다.

숨쉬기조차 힘들었지만 이제야 안심이 된 장현우는 신발장 제일 위로 손을 뻗어서 도끼를 꺼냈다. 작년에 캠핑을 가려고 할 때 불멍용 장작을 쪼개려고 사 놨던 것이었다. 옛날 영화에 나오는 무지막지한 도끼는 아니었지만 날렵하고 쥐기 편해서 장갑을 낀 채로도 잡을 수 있었다. 손잡이 끝에 있는 고리를 손목에 건 다음에 현관문을 열었다. 다행히 옆집 아저씨는 아직 나타나기 전이었다. 장현우는 잽싸게 아래층으로 내려갔다. 현관을 열고 골목길 쪽을 바라봤는데 아직 비는 내리지 않았다.

"서둘러야겠어."

다세대 빌라들이 빼곡한 길을 지나 골목길 쪽으로 접어들었다. 힐끔 하늘을 보자 비가 슬슬 내릴 기미를 보였다. 골목길을 걸으면서 우산을 펴려고 하던 여고생이 장현우를 보더니 비명을 질렀다. 처음에는 왜 저렇게 놀라나 싶었던 장현우는 그 옆을 가던 다른 여고생도 놀라서 비명을 지르는 걸 보고는 자신이 무슨 차림인지 깨달았다. 칙칙한 비옷에 얼굴은 고글과 마스크로 가렸고, 손에는 장갑을 끼었는데 한 손에는 도끼를 들고 있었으니 대낮에 튀어나온 연쇄 살인마쯤으로 봐도 무리가 아니었다.

사람들 사이에 소동이 벌어지고, 몇 명은 그 와중에 휴대폰을 꺼내서 촬영 중이었다. 장현우는 그러거나 말거나 서둘러 발걸음을 옮겼다. 여자 친구가 사는 원룸으로 가는 지름길은 골목길 중간에 있었다. 십자가를 지붕에 올린 작은 교회가 있는 길이었는데, 차 한 대가 겨우 다닐 정도로 방금 지나온 골목길보다 더 좁았다. 양쪽에는 오래된 양옥들이 마주 보고 서 있었는데, 각양각색으로 색칠을 한 대문들이 띄엄띄엄 있었다.

장현우가 급하게 걸어가는데 비가 한 방울씩 떨어졌다. 다행히 비옷에 장갑과 장화를 신고 테이프로 감아 놓은 상태라 안으로 물이 들어오는 것 같지는 않았다.

“천만다행이네.”

속으로 안도의 한숨을 쉬면서 발걸음을 재촉했다. 잘 보이지 않는 탓에 자꾸 뭔가에 걸려서 비틀거렸지만 다행히 넘어지지 않고 골목길을 지날 수 있었다. 골목길이 끝나는 지점부터는 길이 좀 넓어졌다. 차량 두 대가 지나갈 정도였고, 가게들이 많아서 사람들이 많이 오가는 곳이었다. 장현우는 지치고 땀이 차서 더 이상 뛰지 못하고 전봇대에 팔을 기댄 채 잠시 쉬었다. 조금만 더 가면 네일 아트 숍이 있는 갈림길이 나오고 거기서 조금만 더 올라가면 여자 친구가 기다리고 있는 집이 있었다.

숨을 몰아쉬면서 달려갈 준비를 하는데 앞에 뭔가가 가로막는 게 보였다. 장현우는 움찔했지만 쓰고 있는 고글이 땀과 빗물 때문에 뿌옇게 변해서 제대로 볼 수가 없었다. 하지만 크르릉거리는 소리라든지 비정상적인 움직임을 보면 좀비가 틀림없었다. 다행히 스키 장갑으로 고글에 묻은 빗물을 닦아 내자 앞을 가로막은 좀비들이 잘 보였다. 반바지에 캐릭터 티셔츠를 입은 배 나온 아저씨와 교복 차림의 남자 고등학생, 그리고 출근 중이었는지 정장 차림에 핸드백을 든 젊은 여성이었다.

장현우는 가급적 도망치고 싶었지만 그럴 공간이 없었다. 다른 방법을 생각하기 전에 좀비들이 덤벼들었다. 가장 먼저 덤벼든 건 핸드백을 든 정장 차림의 젊은 여성이었다. 굽이 높은 하이힐을 신고도 무지막지하게 달려오는 바람에 깜짝 놀란 장현우는 뒷걸음질을 쳤다. 그러다가 전봇대 옆에 있는 재활용 쓰레기통을 엎어 버렸다. 보통의 사람이라면 피하거나 뛰어넘었겠지만 좀비는 그러지 못하고 그냥 다가오다가 걸려서 넘어지고 말았다.

장현우는 쓰레기통에 걸려 넘어진 좀비가 일어나려고 버둥거리는 걸 보고는 재빨리 뒤통수를 도끼로 찍었다. 퍽 하는 소리와 함께 머리 뒷부분이 갈라졌고, 피와 뇌수가 쏟아져서 빗물과 섞여 버렸다. 장현우가 꿈틀거리는 어깨를 밟고 뒷머리에 찍힌 도끼를 뽑아내는데 남자 고등학생 좀비가 덤벼들었다. 도끼가 생각보다 빨리 뽑히지 않아서 그대로 떠밀렸다. 뒤로 넘어지기라도 하면 얼굴로 비를 맞을 수도 있어서 장현우는 필사적으로 버텼다.

"넘어지면 안 돼!"

그러다가 상대방 남자 고등학생 좀비가 알아서 빗물에 미끄러지면서 자빠졌다. 좀비가 일어나기 전에 장현우는 서둘러 도끼로 목을 내리쳤다. 한 번의 도끼질로는 어림도 없었지만 미친 듯이 도끼질을 하자 목이 떨어져 나가서 옆으로 굴러갔다. 이제 마지막으로 남은 건 반바지 차림의 아저씨 좀비였다. 더벅머리에 슬리퍼까지 신은 걸 봐서는 아침에 뭘 사러 나왔거나 담배를 피우러 나왔다가 비를 맞고 좀비로 변한 것 같았다. 다른 두 좀비들은 먼저 덤벼들어서 쉽게 처리했지만 아저씨 좀비는 좀처럼 덤벼들지 않고 앞을 막고 있었다.

"아이, 성격 따라가나?"

장현우가 뒤쪽을 힐끔 보니 좀비들이 달려오는 게 보였다. 외국 영화나 드라마의 좀비들은 느릿한 편이었지만 뭐든 빨리빨리 움직이는 한국에서는 좀비조차도 빨랐다.

"이러다가는 앞뒤로 포위당하겠어."

게임에서는 이럴 때 정면 돌파를 했다. 지금도 그래야만 할 것 같은데 현실인지 아닌지 헷갈리는 지금은 게임과 너무나 달랐다. 그때는 마우스를 클릭하거나 방향키를 누르면 되었지만 지금은 비옷과 테이프 때문에 제대로 움직이지 못하는 몸과, 빗물 때문에 앞이 안 보이는 상황이었다. 그래도 쓰러진 좀비들을 밟지 않기 위해 조심스럽게 발을 치켜올리며 다가갔다.

아저씨 좀비는 두 팔을 벌린 채 크르릉거리는 소리를 내다가 마치 투우장의 소처럼 머리를 숙이고 다가왔다. 장현우는 옆으로 피하려고 하다가 쓰러진 남자 고등학생 좀비의 다리를 밟고 말았다. 넘어지지 않기 위해 주춤거리다 천만다행으로 벽돌담에 등이 걸렸다. 한숨 돌리기는 했지만 비옷이 뒤엉키고 고글도 삐딱해지는 바람에 앞이 제대로 보이지 않았다.

두려움과 공포감에 장현우는 한 손에 든 도끼를 마구 휘둘러 댔다. 그러면서 한 손으로 고글을 겨우 끌어 내려서 앞을 제대로 볼 수 있었다. 황당하게도 아저씨 좀비는 장현우에게 덤벼드는 대신 골목길에서 튀어나오는 다른 좀비들을 향해 뛰어갔다. 알고 보니 제일 앞에서 달려오고 있는 건 좀비가 아니라 아직 물리지 않은 사람이었다. 운 좋게 비를 피했던 것 같은데 더 큰 일을 앞두고 있었다. 덕분에 살아나긴 했지만 미안한 마음이 든 장현우는 잠깐 쳐다보면서 힘을 내라고 중얼거리고는 네일 아트 숍 쪽으로 걸어갔다.

앞에 키 작은 중년의 남성이 허리를 앞으로 수그린 채 이빨을 딱딱거리다가 장현우를 바라봤다. 하지만 잠깐 동안 베테랑이 된 장현우는 순간적으로 달려들어서 머리통을 내리찍었다. 살짝 빗나가는 바람에 목덜미를 내리쳤고, 목이 절반 정도 베어지자 머리가 무기를 견디지 못하고 가슴팍에 달라붙었다. 앞이 보이지 않게 된 좀비는 두 팔을 허우적거리며 비틀거리다가 알아서 넘어져 버렸다. 장현우는 거기서 왼쪽 골목길로 접어들었다. 좌우로 다세대 빌라들이 쭉 있었는데 그중 일부가 장현우가 사는 곳처럼 필로티 구조의 주차장이었다.

"저길 이용하면 비를 안 맞아도 되겠네."

필로티 주차장으로 들어간 장현우는 주차되어 있는 차들 사이를 지나갔다. 주차장 쪽으로 빠지자 좀비들의 공격을 당하지 않아도 되는 장점까지 생겼다. 이대로 여자 친구의 원룸이 있는 곳까지 가면 된다는 생각에 장현우는 안도의 한숨을 돌렸다.

두 번째 다세대 빌라의 필로티 주차장에는 차가 드문드문 서 있었다. 아마 나간 차들은 일찍 출근한 남편이나 아내가 타고 간 것이리라. 장현우는 거리에서 날뛰는 좀비들에게 들키지 않기 위해 차 뒤에 숨어서 움직이며 한숨을 돌렸다. 어차피 빨리 갈 필요는 없으니 차분하게 움직이기로 했다. 그런데 두 번째 다세대 빌라 현관 바로 옆에 세워진 SUV를 지날 때 차량 뒤 유리창에 여성 좀비가 이빨을 드러내며 들러붙었다.

"아이, 깜짝이야."

지난번 택시 기사처럼 차 안에서 좀비로 변한 것 같다고 생각한 장현우는 안도의 한숨을 쉬면서 옆으로 돌아갔다. 그런데 SUV의 옆문이 활짝 열려 있는 걸 보게 되었다. 장현우가 그게 무슨 의미인지를 깨닫자마자 안에서 아까 봤던 여성 좀비가 튀어나왔다. 너무 가까웠던 탓에 도끼를 휘두르거나 도망칠 틈도 없었다.

그냥 뒤엉켜서 뒤로 넘어진 장현우는 상대방에게 붙잡힌 팔에서 무시무시한 통증이 느껴지자 비명을 질렀다. 여성 좀비가 이빨로 목을 물어뜯으려고 했지만, 스키 마스크를 썼고 테이프로 목까지 감아 놔서 실패하고 말았다. 그사이에 기운을 차린 장현우는 몸을 뒤집는 데 성공했다. 그리고 손목에 줄로 감아 놓은 도끼를 움켜잡고 일어나려는 여성 좀비의 얼굴을 난도질했다.

"죽어! 죽어!"

얼굴이 세로로 조각난 여성 좀비는 갈라진 혀를 날름거리다가 축 늘어졌다.

"어휴, 죽다 살았네."

간신히 몸을 일으켰지만 장갑과 장화를 감은 고무테이프는 거의 다 떨어져 나간 상태였다. 갑갑한 스키 마스크를 버리고 장갑까지 내팽개친 장현우는 여자 친구의 원룸이 있는 곳까지의 거리를 가늠했다. 계속 필로티 주차장이 이어져 있어서 그사이만 조심하면 될 것 같았다.

"이번에는 성공하겠네."

몇 번의 시도 끝에 성공이 눈앞으로 다가오자 장현우가 씩 웃었다.

숨을 돌리면서 움직일 준비를 하던 장현우는 그대로 굳어 버렸다. 어느 틈엔가 필로티 주차장 주변으로 좀비들이 가득 찼기 때문이었다. 좀비들은 마치 생각하는 군중들처럼 장현우가 빠져나갈 곳을 모두 막아 버린 채 지켜보고 있었다. 그가 아는 좀비나 몇 번 겪었던 좀비들의 행태와는 달리 마치 그를 막기 위해 생각을 하고 몰려든 것처럼 보였다.

"얘들이 왜 이래?"

틈을 봐서 도망치려고 했지만 옆으로 넘어가는 곳도 이미 막혀 버렸다. 그 와중에도 살아남은 사람들이 비명을 지르며 도망치고 있었지만 좀비들은 거들떠보지도 않았다. 마치 군인처럼 명령을 기다리는 존재 같았다. 장현우는 여자 친구가 있는 원룸 쪽을 바라봤지만 좀비들에게 막혀서 보이지 않았다.

"진짜 다 왔는데."

아쉬움에 포기하고 싶은 마음이 들지 않았다. 허튼짓이라는 걸 알았지만 그냥 무기력하게 당하고 싶지 않았던 장현우는 거추장스러운 비옷을 벗어 버리고 장화도 벗어서 내동댕이쳤다. 그리고 스키 마스크를 마치 방패처럼 손에 쥐고 소리쳤다.

"덤벼! 이 좀비 새끼들아. 인간의 뜨거운 맛을 보여 주마."

조용히 있던 좀비들 중 백발 머리의 좀비가 제일 먼저 덤벼들었다. 몸을 낮추고 기다리고 있던 장현우는 슬쩍 옆으로 피하면서 좀비의 뒷덜미를 내리찍었다. 균형을 잃고 기둥을 향해 달려간 백발 머리 좀비는 벽에 머리를 부딪치고는 그대로 주저앉았다.

옆으로 몸을 돌린 장현우는 이빨을 드러내며 덤벼드는 노란 원피스 차림의 여성 좀비의 이마를 찍었다. 퍽 하는 소리와 함께 이마 위쪽이 떨어져 나갔다. 눈썹 위쪽이 사라진 여성 좀비는 허우적거리다가 기둥 앞에 엎드려 있던 백발 머리 좀비 위에 포개졌다. 기세를 올린 장현우가 피와 뇌수로 끈적거리는 도끼를 휘두르며 외쳤다.

"뭐 해! 오라고! 와!"

흥분한 장현우가 괴성을 지르자 조용히 서 있던 좀비들이 일제히 몰려들었다. 장현우는 다가오는 좀비들의 머리통을 몇 차례 내리찍었지만, 곧 그들에게 벽까지 밀려났다. 그리고 목부터 손목, 가슴까지 사정없이 물어뜯겼다. 회백색 눈의 좀비들이 자신의 살점을 질겅질겅 씹는 것을 본 장현우는 마지막 힘을 쥐어짜서 그들에게 도끼를 휘둘렀다.

"이 새끼들아! 같이 죽자!"

퍽 하는 소리와 함께 좀비들의 머리와 어깨가 찍혔다. 하지만 좀비들은 다시 일사불란하게 흩어져서 뒤도 돌아보지 않고 사방으로 사라졌다. 힘없이 도끼를 떨어뜨린 장현우는 그들의 뒷모습을 보면서 피범벅이 된 몸을 벽에 기대며 중얼거렸다.

"염병할, 어떻게 돌아가는 거야?"

하지만 온몸이 물어뜯겨서 좀비가 되는 건 시간문제였다. 가슴이 답답해서 내려다본 장현우는 갈비뼈가 드러날 정도로 물려 있는 것을 깨닫고는 쓴웃음을 지었다.

"답답해."

온몸이 물리고 찢겨서 피가 쏟아지면서 이상하게 몸이 무겁고 답답해졌다. 장현우는 비틀거리는 걸음을 옮겨 비가 쏟아지는 길로 나갔다. 그때 떠나지 않은 좀비를 하나 발견했다. 노란색 후드를 입은 남자 유치원생 정도 되는 좀비였는데, 아까 여성 좀비가 튀어나왔던 SUV 앞에 서 있었다. 장현우는 머리가 조각난 채 누워 있는 여성 좀비를 바라보면서 물었다.

"네 엄마니?"

노란 후드를 입은 유치원생 좀비는 대답 대신 앙증맞은 이빨을 드러냈다. 그리고 마치 엄마의 복수를 하겠다는 듯 장현우에게 다가왔다. 그사이, 비틀거리며 길가로 나온 장현우는 두 팔을 벌린 채 쏟아지는 비를 맞았다. 목을 비롯해서 온몸의 상처가 마치 화상을 입은 것처럼 후끈거렸고, 이미 익숙해진 뒷머리의 통증이 시작되었다. 장현우는 인간일 때의 기분을 조금이라도 더 만끽하기 위해 숨을 몰아쉬었다. 쏟아지는 비를 맞기 위해 고개를 든 장현우의 눈에 조금 이상한 게 들어왔다.

"뭐지?"

여자 친구가 살고 있는 원룸 근처의 다세대 빌라 옥상에 누군가 서 있는 게 보였다. 붉은색 후드를 쓴 작은 체구의 젊은 여성이었는데, 비를 맞고 우두커니 서 있었다.

"좀비로 안 변했네?"

좀비에게 물리지 않더라도 비를 맞으면 좀비로 변해야만 했다. 그런데 옥상 위의 붉은 후드를 입은 그녀는 좀비가 아니라 사람이었다. 그리고 아수라장이 되어 버린 세상을 마치 아무런 일이 일어나지 않은 것처럼 무심한 표정으로 내려다봤다.

처음에 장현우는 피를 너무 많이 흘려서 잘못 본 줄 알았지만, 뜻밖에도 그녀가 장현우를 내려다봤다. 눈이 마주치는 순간, 장현우는 온몸을 전기처럼 흐르는 통증에 비명을 삼키며 몸을 뒤틀었다. 그리고 힘이 빠지면서 무릎을 꿇었다. 몇 번이나 겪었지만 여전히 익숙하지 않고 고통스러운 통증이 온몸에 퍼져 나갔다. 이것은 사람에서 좀비로 변하는 과정이며, 이 통증이 끝나면 더 이상 감정을 지니지 못한다는 사실이 서글펐다.

장현우의 시야가 점점 어두워지면서 회색으로 변했다. 그러면서 더 이상 옥상 위의 붉은 후드는 보이지 않았다. 장현우가 하염없이 웃고 있는데 뒤에서 누군가 그를 덮쳤다. 길 위로 쓰러지면서 고개가 옆으로 돌아갔는데 아까 봤던 노란 후드를 입은 유치원생 좀비가 뒷덜미를 물어뜯는 게 보였다. 마치 엄마의 복수를 하는 것처럼 무자비하게 물어뜯었는데, 장현우는 자신의 뒷덜미에서 흘러나온 피가 차들이 군데군데 서 있고 좀비들이 미친 듯이 돌아다니는 도로를 따라 천천히 흘러가는 것을 바라보았다.

여러 가지 복잡한 생각이 들었지만, 곧 인간으로서의 이성을 잃은 그는 좀비로서 일어났다. 그리고 쏟아지는 비를 향해 포효하고는 먹잇감을 찾았다. 하지만 비가 계속 내린 탓에 주변에는 좀비들밖에 없었다. 먹잇감을 찾아 헤매던 그의 머리에 인간이었을 때의 기억이 하나 떠올랐다.

"빠아알간 후드."

실제로는 크르릉거리는 소리에 불과했지만, 좀비가 된 그는 정확하게 목표물을 떠올리고는 그쪽으로 향했다. 방금 전에 그를 물어 버린 유치원생 좀비가 따라붙었으나 인간의 감정이 사라진 그는 돌아서서 위협적인 소리를 내어 쫓아 버렸다. 그리고 붉은 후드를 입은 이상한 인간을 잡기 위해 다세대 빌라 안으로 들어섰다.

유리문으로 된 현관은 비밀번호를 누르고 들어가게 되어 있지만 무슨 이유에서인지 활짝 열려 있었고, 별다른 어려움 없이 안으로 들어간 그는 계단을 올라갔다. 복도에는 좀비들 몇몇이 서성거리며 방 안에 틀어박혀 있는 인간들을 노리고 있었다. 그들 역시 자신들의 먹잇감을 건드리지 말라는 듯 이빨을 드러냈다.

좀비가 된 장현우는 그런 그들을 무시하고 옥상으로 향했다. 5층을 지나서 계단참을 지나자 옥상과 연결된 문이 보였다. 한 걸음씩 옮길 때마다 물어뜯긴 살점들이 덜렁거렸고, 거기서 흘러나온 피가 바닥에 흥건하게 고였다. 하지만 좀비가 된 장현우는 아픔을 느끼지 않았다. 오직, 아까 봤던 붉은 후드를 입은 인간 여성의 목덜미를 물어뜯고 싶은 생각뿐이었다.

문을 열자 비바람이 몰아쳤다. 옥상으로 나간 장현우의 뒤로 바람에 밀린 문이 요란한 소리를 내며 닫혔다. 녹색 방수 페인트가 바닥에 칠해진 옥상에는 화분 몇 개와 의자가 전부였다. 장현우가 가만히 서서 돌아보는데 주변에 아무도 없었다. 빨간 후드의 여자가 분명 여기 있는 걸 봤던 장현우는 크게 실망했다.

"호옥시 도망을 친 거언가?"

그가 좀비로 변해 버린 짧은 시간 동안 옥상에서 내려와서 방에 숨거나 밖으로 나갔을 수도 있었다. 하지만 그럴 시간이 없었다. 거기다 복도에는 좀비들이 중간중간 있었기 때문에 그들을 피해서 방으로 들어가거나 빌라를 빠져나가는 건 불가능했다.

살육에 대한 광기와 풀 수 없는 의문 사이에서 방황하던 장현우의 눈에 건너편 빌라에 서 있는 붉은 후드를 입은 여성이 보였다. 그녀를 본 순간 좀비가 된 장현우는 크르릉거리는 소리를 내면서 달려갔다. 빌라 사이의 거리가 제법 되었지만 좀비가 된 상태라 그런 거리감은 눈앞의 먹잇감 앞에서는 사소한 것에 불과했다. 괴성을 지르며 뛰어갔던 장현우는 힘껏 뛰었지만 넘어가지 못했다. 빌라 중간의 공간으로 추락한 장현우는 바닥에 떨어지면서 온몸이 으깨졌다.

통증은 없었지만 뼈가 다 부서지고 살과 내장도 터져 버린 상태라서 움직이기는커녕 꼼짝도 할 수 없었다. 얼굴 절반이 바닥에 부딪혀 부서지면서 눈도 하나밖에 남지 않았다. 혀도 차가운 바닥에 닿으면서 꿈틀거렸다. 그토록 갈망했던 피 대신 빗물을 들이켜야 했지만 그조차 박살 난 내장과 뼈를 따라 밖으로 흘러나왔다.

빗물을 벌컥거리며 남은 눈알 하나를 굴리던 장현우의 눈에 다시 붉은 후드를 입은 그녀가 보였다. 여전히 쏟아지는 비를 맞으며 옥상에 서 있던 그녀는 부서진 장현우를 내려다보는 중이었다. 멀리 떨어져 있어서 잘 보이지 않았지만, 장현우는 그녀가 자신을 측은한 눈으로 바라보고 있는 게 느껴졌다. 하지만 떨어질 때의 충격 때문인지 남은 눈알 하나도 제멋대로 움직이다 시력을 잃어버렸다.

그렇게 죽은 것도 죽지 않은 것도 아닌 채 빗물 속에 엎어져 있던 장현우는 얼마 후 먹잇감을 찾아 헤매던 좀비의 발에 밟혀 머리가 으깨졌다.

또 다른 하루, 일곱 번째 날

"으아악!"

악몽은 비명과 함께 사라졌다. 벌써 몇 번째인지 모를 하루가 시작되었다는 걸 깨달은 장현우는 소리를 질렀다.

"지긋지긋해! 언제까지 이러고 있어야 하는 거야!"

이유를 알 수 없는 하루가 계속 반복되었다. 하늘에 구름이 잔뜩 끼고, TV에서는 이상한 빛이 하늘에서 내려왔다는 뉴스를 이상한 전문가가 소개했다. 그 후 비가 내리고, 비를 맞은 사람들이 좀비로 변했다. 비를 맞지 않은 사람들은 좀비들에게 물려서 변해 버렸다. 따라서 비를 피하는 것이 가장 확실한 방법이었고,

그다음으로는 좀비들을 피해 안전한 곳에서 일정 기간 대피하고 있어야만 했다. 특히, 아침 일찍 카페에 나가서 일을 하는 여자 친구가 문제였다.

침대에 잠깐 앉아서 고민하고 있던 장현우는 일단 움직이기로 했다. 이미 한번 해 봤기 때문에 심지어 여유롭게 할 수 있었다. 여자 친구에게 전화를 해서 스피커폰으로 집으로 돌아가라고 말하면서 비옷을 꺼내 입고 장갑을 끼고 장화를 신었다. 그리고 손도끼를 꺼내서 손에 쥐는 데는 5분도 걸리지 않았다. 풀 세팅을 하고 밖으로 나가려고 하던 장현우는 문득 다른 생각이 들었다.

"여자 친구만 안전하면 되잖아."

여자 친구의 원룸도 3층에 있고, 방범창이 설치돼 있어서 문만 잘 잠그면 외부에서 좀비가 침입할 수 있는 방법이 없었다. 지금까지는 항상 여자 친구가 있는 원룸으로 가다가 실패했었다. 장현우는 여자 친구를 안전하게 집으로 돌려보냈으니 이곳에서 일단 버텨 보기로 했다. 거기다 꿈인지 현실인지는 모르겠지만 리셋된 다음에도 이전의 기억이 사라지거나 상황이 변하지는 않았다.

"그러니까 살아서 계속 버티면 더 많은 정보를 얻을 수 있다는 뜻이잖아."

지금까지 너무 서두르다가 당했다는 생각까지 겹치면서 장현우는 감았던 테이프를 뜯어서 장갑과 장화를 벗고 비옷을 현관에 내팽개쳤다. 그리고 서둘러 창가로 향했다. 회색 구름이 점점 많아지더니 드디어 비가 쏟아졌다. 혹시나 비가 튈까 봐 창문을 닫고 바깥을 살펴봤다. 그러자 우산을 쓰고 골목길을 지나가던 사람들이 하나둘씩 좀비로 변했다.

지난번에 봤던 우산을 놓친 여고생이 그걸 집어 준 남학생에게 포옹하는 것처럼 안겨서 목덜미를 물어뜯었고, 달리던 차들이 이리저리 부딪치면서 사고가 났다. 그 와중에 자전거를 탄 남자가 비틀비틀거리며 내려오다가 옆으로 넘어졌다. 자전거를 탄 남자는 노란색 비옷을 입고 있긴 했지만 챙이 달린 모자를 안 쓴 탓에 비를 고스란히 맞고 좀비가 되어 버린 것 같았다. 벌떡 일어난 노란색 비옷을 입은 좀비는 이리저리 뛰어다니며 먹잇감을 찾아 헤맸다.

삽시간에 난장판이 된 골목길을 바라보면서 장현우는 문득 궁금해졌다.

“TV에서는 대체 뭐라고 나올까?”

리모컨을 찾아서 버튼을 누르자 긴급 속보라는 커다란 자막과 함께 당황한 표정의 여자 아나운서가 화면을 응시하는 중이었다.

[계속 소식을 전해 드리겠습니다. 지금 서울을 비롯해서 대한민국 전역에 이상 행동을 하는 소위 '좀비'들이 대량으로 나타났다고 합니다. 이들은 이성을 잃고 주변의 사람들을 닥치는 대로 공격하고 있다는데요. 그렇게 물린 사람들 역시 곧 이들과 같은 상태로 변한다고 합니다. 그러니까…….]

여자 아나운서는 답답한지 크게 한숨을 쉬고는 다시 화면을 힐끔 바라봤다. 그리고 비스듬하게 시선을 돌렸는데 아마 PD를 바라보는 것 같았다. 뭔가 지시를 받았는지 가볍게 고개를 끄덕거린 그녀가 다시 카메라를 보았다.

[오늘 오전 9시 30분쯤부터 시민들이 이성을 잃고 괴성을 지르며 다른 시민들을 공격하는 일이 벌어지고 있습니다. 목격자들은 영화나 드라마에서 나오는 좀비 같았다고 말했습니다.]

"좀비 같았다가 아니라 좀비라니까."

뉴스를 보고 답답해진 장현우가 중얼거렸다. 그 얘기를 듣기라도 했는지 여자 아나운서가 덧붙였다.

[사실상 좀비가 아니냐는 의견이 있어서 급하게 전문가를 모셨습니다. 좀비 소설을 주로 쓰시고 드라마도 집필 중이신 김현섭 작가님이신데요.]

"환장하겠네. 뭔 소설가를 전문가라고 섭외해?"

장현우가 중얼거렸다. 하지만 생각해 보니까 그럴 수밖에는 없을 것 같았다.

"좀비라는 게 영화나 드라마에서만 나오는 존재다 보니까 사실상 전문가가 있을 수 없긴 하지."

화면이 바뀌자 하얀색 라운드 티셔츠에 포동포동하게 살이 찌고 안경을 쓴 중년 남성이 숨을 가쁘게 몰아쉬며 앉아 있었다. 티셔츠에는 우스꽝스럽게 생긴 좀비가 그려져 있었다.

[김현섭 작가님, 오늘 아침에 갑자기 좀비들이 나타났습니다. 어떻게 된 일인가요?]

질문을 받은 김현섭 작가의 눈이 크게 떠졌다. 마치 나한테 왜 그런 질문을 하느냐는 듯한 눈빛이었는데, 그럴 만도 했다. 화면 밖에 있는 PD의 재촉을 받았는지 김현섭 작가가 더듬거리며 입을 열었다.[좀비가 현실에 나타나는 이유는 여러 가지가 있습니다. 코로나바이러스처럼 우리가 알지 못했던 바이러스에 의해 감염이 되거나 환경 오염으로 인해서 인체에 갑작스러운 변화가 생길 수도 있습니다. 그게 아니라고 해도 기존에 존재했던 인수공통 전염병 같은 경우에 알 수 없는 이유로 변이가 발생하면 타인에 대해서 공격적으로 나올 수 있고, 그 과정에서 혈액과 체액을 통해 전파가 될 수 있죠.]

뭔가 길게 설명하긴 했지만 딱 꼬집어서 이유를 알려 준 것은 아니었다. 소설가 김현섭의 얘기를 들은 장현우는 창밖에서 쏟아지는 비를 보면서 중얼거렸다.

"병신 같으니라고, 그냥 비를 맞아서 그렇게 된 거라니까."

다시 TV를 보자 소설가 김현섭이 더듬거리며 좀비의 기원에 대해 설명하고 있었다.

[우리에게는 「새벽의 저주」 같은 미국 영화로 익숙하긴 하지만, 원래 좀비는 아이티에서 생겨났습니다.]

[아이티는 어디에 있는 나라인가요?]

여자 아나운서의 질문에 소설가 김현섭이 안경을 손으로 끌어올리며 대답했다.

[북아메리카 남쪽 카리브해에 있는 섬나라입니다. 프랑스의 식민지였고, 설탕의 원료인 사탕수수를 재배하던 곳입니다. 백인들이 들어오면서 원주민들은 전염병과 전쟁으로 거의 다 소멸되었고, 그 자리를 아프리카의 흑인 노예들이 차지했습니다. 고향에서 멀리 떨어진 곳에 노예로 끌려온 그들은 자연스럽게 종교에 의지하게 되었습니다. 그게 바로 부두교죠.]

[부두교면 이상한 의식을 하는 종교 아닌가요?]

여자 아나운서의 질문에 소설가 김현섭은 살짝 어이없다는 표정을 지으며 말했다.

[할리우드 영화 때문에 그런 오해를 많이 받는데, 부두교는 흑인들이 살았던 아프리카의 토착 종교에 그들을 노예로 끌고 온 백인들의 가톨릭이 결합되면서 탄생한 것이죠. 그들은 로아라고 부르는 정령을 숭배하면서 한밤중에 자신들만의 독특한 의식을 통해서 결속을 다집니다. 밤중에 몰래 의식을 행하고, 신자들을 단결시켰다는 점은 훗날 아이티의 흑인 노예들이 프랑스의 지배를 물리치고 독립하는 아이티 혁명의 기반이 됩니다. 따라서 서구에서는 부두교를 미신 취급했고, 할리우드 영화계가 그걸 받아들이면서 좀비와 일체화가 된 것이죠.]

[그럼 좀비와 부두교는 전혀 상관이 없다는 뜻인가요?]

이번에도 소설가 김현섭은 바보 같은 질문을 한다는 눈빛을 보내고는 입을 열었다.

[그런 뜻이 아니고요. 좀비는 부두교의 사제들이 주술로 조종하는 살아 있는 시체입니다. 영어로는 언데드라고도 부르죠.]

[부두교의 사제들이 주술로 조종한다고 하니까 좀 헷갈리네요. 시체를 조종한다는 뜻인가요?]

[좀 복잡한 역사적인 배경이 있습니다. 아이티는 독립 이후에 정치적으로 굉장히 불안했습니다. 그래서 부두교 사제들이 큰

힘을 발휘했는데요. 그들은 특수한 약물을 사용해서 희생자들을 가사 상태에 빠트립니다. 요즘은 의학이 발달해서 의사가 정확하게 사망 판정을 내리지만 이전에는 가사 상태와 실제 사망을 잘 구분하지 못했죠. 그렇게 죽음 아닌 죽음을 맞은 희생자는 장례를 치르고 매장됩니다. 그리고 얼마 후에 무덤으로 찾아간 사제가 가사 상태에 빠진 희생자를 깨웁니다.]

[깨워서 어떻게 합니까?]

[데리고 가서 노예로 삼습니다.]

짤막한 대답을 들은 여자 아나운서가 고개를 갸웃거렸다.

[물거나 공격하지는 않는 건가요?]

[그건 할리우드 영화 때문에 잘못 알려진 인식이고요. 원래 좀비는 공격하는 존재보다는 노예에 가깝습니다. 굳이 약물을 먹여서 가사 상태에 빠트리고 다시 깨우는 건 그런 과정을 통해서 인간성을 말살하고, 자신의 말을 잘 듣는 노예로 만들기 위해서죠. 그리고 아까 말씀드린 대로 아이티가 정치적으로 혼란했기 때문에 일종의 사적 처벌에 해당되기도 합니다.]

[사적 처벌이요? 좀비를 만드는 게 처벌인가요?]

[그럼요. 평생 고향으로 돌아가지 못하고, 노예로 살아야 하니까요. 일종의 추방이기도 합니다. 그러니까 공동체에서 범죄를

저지르면 부두교의 사제가 좀비로 만들어서 끌고 가는 겁니다. 원래대로라면 국가가 처벌을 하고 감옥에 가두거나 벌금을 내도록 해야 하지만 그럴 능력이 없기 때문에 이런 식의 처벌을 하게 된 것이죠.]

소설가 김현섭의 말에 여자 아나운서가 살짝 입을 벌리며 고개를 끄덕거렸다. 그러자 자신의 설명이 먹혔다는 것이 흐뭇했는지 김현섭이 계속 설명을 이어 갔다.

[그런 좀비들이 지금의 흉폭하고 공격적인 살아 있는 시체들의 대명사가 된 것은 할리우드 때문입니다. 정확하게는 1969년 조지 로메로 감독의 「살아 있는 시체들의 밤」이 개봉되면서였습니다.]

[그 영화가 어떤 영향을 미친 건가요?]

[무덤에서 살아난 좀비들이 살아 있는 사람들을 공격해서 물어뜯고 전염시키는 걸 보여 줬죠. 그러면서 부두교와 아이티에 대한 배경 지식이 없던 미국인들에게 좀비가 단순히 죽었다가 살아나서 사람들을 공격하는 존재라는 잘못된 인식을 심어 준 것이죠.]

신이 나서 떠드는 패널을 본 장현우가 중얼거렸다.

"그런데 지금 그게 중요한가?"

여자 아나운서 역시 같은 생각인 듯 눈을 껌뻑거리며 물었다.

[지금 설명하신 부분이 현재의 좀비 사태와 어떤 연관이 있을까요?]

잠깐 쉬는 틈에 물을 마시던 소설가 김현섭이 그녀의 말을 듣고 사레가 들렸는지 컥컥거렸다. 그러자 카메라가 다시 여자 아나운서에게 돌아왔고, 그녀는 당황했지만 당황하지 않은 척하는 표정을 지었다.

[소설가 김현섭 님을 모시고 좀비에 대한 얘기를 듣는 중입니다. 현재 벌어지고 있는 사태와는 직접적인 연관은 없지만, 우리가 모르고 있던 좀비라는 존재에 대해서 얘기를 들어 보고 있는 중입니다.]

그때 화면 밖에서 헤드셋을 쓴 누군가가 다가와서 그녀에게 쪽지를 건네줬다. 몹시 당황하며 눈치를 보던 그녀는 쪽지를 조심스럽게 펼쳤다.

[방금 들어온 소식입니다. 정부가 이번 좀비 사태가 벌어진 원인으로 현재 내리고 있는 비를 꼽고 있습니다. 그러니까 비를 맞으면 좀비로 변한다는 뜻 같습니다. 따라서 시민 여러분들은 비를 맞지 않도록 주의해 주시기 바랍니다. 단 한 방울이라도 맞으면 좀비로 변할 수 있다고 하니까 조심하셔야 합니다.]

뉴스를 보던 장현우가 팔짱을 낀 채 고개를 절레절레 저었다.

"그걸 이제야 알다니, 너무 늦었어."

쪽지의 내용을 다 읽은 아나운서의 눈동자가 심하게 흔들렸다. 그녀가 고개를 저으면서 말했다.

[저는 아니에요. 비가 오기 전에 출근해서 분장하고 있었거든요. 맞아요. 경애 선배는 비를 맞고 출근했었어요. 지금 3층 분장실에 있을 거예요. 그리고 곽 PD님이 아까 담배 피우러 후문으로 나간다고 했어요. 일단 정문이랑 후문부터 잠가야 해요. 그리고…….]

갑자기 카메라가 옆으로 확 돌아갔다. 방금 전까지 멀쩡하게 얘기하던 소설가 김현섭의 눈이 회백색으로 변해 있었다. 급하게 섭외를 받고 오다가 비를 맞은 것 같았다. 고개를 미친 듯이 흔들면서 짐승 같은 소리를 내던 소설가 김현섭이 갑자기 자리를 박차고 일어나서 여자 아나운서를 향해 덤벼들었다. 그녀는 비명을 지르며 도망가려고 했지만 늦고 말았다. 그녀를 넘어뜨린 소설가 김현섭을 따라간 카메라가 심하게 흔들렸고, 화면 밖에서 비명과 함께 웅성거리는 소리가 들렸다.

잠시 후, 그녀의 목덜미를 물어뜯은 소설가 김현섭이 피범벅이 된 입을 한껏 벌리며 괴성을 뿜어냈다. 카메라 초점이 맞지 않아서 제대로 보이진 않았지만, 그가 덤벼드는 모습을 마지막으로 화면이 끊기고 말았다. 책임감이 강한 카메라맨이 좀비가 된 좀비 전문가의 다음 목표물이자 희생자라는 사실은 어렵지 않게 짐작할 수 있었다. 조용히 지켜보던 장현우가 중얼거렸다.

"배드 엔딩이네."

그때, 휴대폰이 시끄럽게 울렸다. 이 와중에 누구냐고 짜증을 내려던 장현우는 화면에 여자 친구 이름이 뜬 걸 보고 황급히 받았다. TV에서 벌어지는 좀비 소동을 보느라 잠깐 그녀를 잊어버린 것이다. 전화를 받자마자 그녀의 짜증 난 목소리가 들렸다.

[왜 안 와?]

예상 밖의 질문에 장현우는 잠깐 휴대폰을 바라봤다.

"일이 좀 생겼잖아. 밖에 아무 소리도 안 들려?"

[나 일할 때 헤드폰 쓰고 하는 거 알잖아. 비가 쭉 내리고 있네?]

그녀의 얘기를 들은 장현우가 황급히 말했다.

"주현아, 창문 열지 마. 창가에 가까이 가지도 말고."

[무슨 소리야, 자꾸.]

"창가에 서서 바깥을 좀 봐. 어때?"

[잠깐만. 어어! 저게 뭐야.]

이제야 상황을 파악한 그녀의 비명 소리가 휴대폰에서 울렸다. 이러다 기지국에 문제가 생겨서 휴대폰도 못 쓰게 될까 봐 장현우는 서둘러 입을 열었다.

"내 말 잘 들어. 좀비가 나타났는데 걔들이 문을 막 따고 들어오거나 그러지는 않아. 그러니까 문 꼭 닫고 물 받아 놔. 오빠가 구하러 갈게."

[밖으로 대피해야 하는 아니야?]

말도 안 되는 그녀의 얘기에 장현우는 한숨을 쉬었다. 차마 너를 구하러 여러 번 갔지만 그때마다 물려서 좀비가 되었다는 말은 나오지 않았다. 한번 꽂히면 뭐든 바로 해야 직성이 풀리는 그녀의 성격을 알고 있는 장현우는 서둘러 말렸다.

"방송국도 지금 난리가 났고, 바깥은 지옥이야. 그러니까 문 꼭 잠그고 오빠 기다리고 있어."

[아니, 밖에 나가서 구조를 기다려야 하는 거 아니냐고?]

"밖에 좀비밖에 없다니까, 제발 내 말 좀 들어!"

참다못한 장현우가 버럭 소리를 지르자 그녀가 말했다.

[알았어. 알겠으니까 소리 좀 지르지 마.]

"미안, 지금 말다툼할 상황이 아니야. 지난주에 오빠랑 본 좀비 영화 기억나?"

[응,「새벽이 되면 일어나라」였지?]

“맞아.”

마른침을 삼킨 장현우가 차분하게 설명했다.

“그 영화 보면 가지 말라는데 가다가 죽고, 위험하다고 해도 무시하고 가다가 물리고, 괜찮다고 웃다가 죽고 그러잖아.”

[맞아. 오빠가 저러다 죽지 하는 애들은 다 죽더라.]

그녀가 맞장구를 치자 장현우가 말했다.

“지금이 딱 그런 상황이야. 비를 맞으면 좀비가 되는데 출근하고 등교하는 아침에 내렸잖아. 상당수가 비를 맞고 좀비가 되었고, 비를 안 맞았다고 해도 좀비한테 물려서 변했을 거야. 지금 남은 건 너랑 나처럼 밖에 안 나간 사람들인데, 얼마나 되겠어.”

[별로 없겠지.]

“그러니까 밖으로 나가지 마. 몇 발자국 가기도 전에 좀비한테 물릴 거야. 구조 올 사람도 없고, 구조대도 전부 다 좀비로 변하거나 물렸을 거야.”

[근데 오빠가 구하러 오겠다고?]

“가야지. 줄 것도 있는데.”

의외로 장현우의 입에서 담담하게 얘기가 나왔다. 잠시 후 그녀가 말했다.

[오지 마. 구조대도 못 오는데 오빠가 어떻게 와? 거기다 비도 오고 있는데.]

"방법을 찾아볼게, 주현아."

장현우는 여러 번 시도해서 집 앞까지 거의 다 갔었다는 얘기는 차마 하지 못했다. 그녀가 단호하게 말했다.

[이런 상황에서 오는 건 위험해. 계속 연락하면서 버티자. 여기 냉장고에 물이랑 먹을 거 많아. 쌀도 지난번에 사 놨고.]

"주현아."

[선물 나중에 받을 테니까 꼭 간직하고 살아 있다가 직접 전해 줘, 알았지?]

그녀가 얼마나 겁이 많고 예민한지 잘 알고 있는 장현우는 차마 대답을 하지 못했다. 바퀴벌레가 촉수를 더듬는 소리만 들어도 비명을 지르며 의자 위로 뛰어 올라가던 그녀였다. 그런 그녀가 자신을 위해서 오지 말라는 얘기를 하자 그는 가슴이 찢어지는 것 같았다. 냉정하게 판단하면 그게 맞는 말이었다. 비록 짧은 거리였지만 온갖 방법을 시도해도 그녀에게 가는 건 실패했기 때문이다. 비가 계속 와서 좀비들이 엄청 늘어난 지금은 말할 나위도 없었다.

하지만 그녀에게 가는 건 이성이나 계산의 영역이 아니었다.

반드시 가야만 했기 때문에 몇 번이고 같은 고통을 겪으면서도 묵묵히 도전했던 것이다. 그걸 포기해야 한다는 생각에 장현우는 눈물을 흘렸다. 그때 휴대폰이 아직 끊기지 않았는지 그녀의 목소리가 들렸다.

[어머? 저기 누구야?]

"응? 뭐라고?"

[우리 집 맞은편 빌라 있잖아. 거기 꼭대기에 누가 서 있어.]

주현이의 얘기를 듣는 순간 장현우는 뒤통수를 한 대 세게 맞는 기분이었다. 그가 가까스로 정신을 차리고 물었다.

"누, 누가 있다는 건데?"

[몰라. 빨간 후드를 입고 있네. 여자야.]

장현우는 마른침을 꿀꺽 삼켰다. 지난번에 그녀의 집에 갔을 때 봤던 사람과 같은 차림이었기 때문이었다. 알 수 없는 이유로 매일 같은 상황이 반복되었다. 다람쥐 쳇바퀴 돌아가듯 하면서 어떤 방식을 써도 절대로 그녀가 있는 곳까지 갈 수 없었던 것이다. 그런데 그녀에게 가는 걸 포기하는 순간, 미세한 균열이 발견되었다. 장현우는 설명할 수는 없지만 빨간 후드의 존재가 반복되는 이 상황을 변화시킬 수 있는 존재일지 모른다는 생각이 들었다. 생각을 정리한 장현우가 그녀에게 물었다.

"아직도 서 있어?"

[응, 비를 맞으면 좀비로 변한다고 하지 않았어? 저 사람은 아까부터 계속 맞고 있는데 그냥 그대로야. 신기하네.]

"일단 무시하고 있어. 계속 상황을 지켜보자."

[알았어. 물도 좀 받아서 끓여 놓고 휴대폰도 충전할게. 전기 끊길지 모르잖아.]

"그러네. 알겠어."

통화를 끝낸 장현우는 서둘러 휴대폰을 충전하고 보조 배터리도 충전시켰다. 그리고 며칠 동안 방 안에서 버틸 준비를 했다. 하지만 이리저리 움직이던 와중에도 붉은 후드를 입은 여자의 존재가 계속 마음에 걸렸다. 어떻게든 그녀를 만나 봐야겠다는 생각이 들었지만 맞으면 좀비가 되는 빗속을 뚫고 그곳까지 갈 수 있는 방법이 없었다. 이리저리 고민해 봤지만 모두 이전에 실패했던 방식이었다. 고민을 거듭하면서 창밖을 바라보던 장현우는 눈앞에서 벌어지는 믿기지 않는 사실에 놀라서 중얼거렸다.

"비가 멈추고 있잖아."

줄기차게 내렸던 비가 서서히 그치고 있었다. 장현우는 조심스럽게 위로 시선을 들어서 하늘을 바라봤다. 비를 뿌리던 회색 구름이 서서히 열어지는 게 보였다.

"비가 그친다면."

비를 맞지 않기 위해서 두툼한 비옷에 장갑과 장화를 신고 스키 마스크를 쓰는 것도 모자라서 테이프로 온몸을 둘둘 감아야 했다. 덕분에 걷는 시간이 느려졌고, 시야가 제대로 확보되지 않아서 좀비랑 싸우다가 물려 버리고 말았다.

"비옷을 입지 않아도 되겠네."

좀비들은 공격적이고 고통을 모르긴 했지만 행동이 느리고 예측이 가능했다. 그러니까 아까처럼 좀비들이 많지 않을 것 같은 골목길을 이용해서 빠르게 움직이면 충분히 이동할 수 있을 것이다. 거기다 빠르게 이동할 수 있는 수단 역시 찾은 상태였다.

"골목길에 있는 자전거를 이용하면 되잖아."

비옷을 입은 상태라면 불가능하지만 시야가 확보되고 거추장스러운 옷이 없다면 빠르게 갈 수 있을 것 같았다. 이런저런 생각을 하는 동안 비가 완전히 그쳤다. 그리고 회색 구름까지 사라지면서 햇빛이 비쳤다. 좀비들은 기하급수적으로 늘어났지만 무슨 군중 심리 같은 게 있는지 전부 큰길로 가는 중이었다. 물리고 나서 잠시 좀비로 변했을 때를 떠올려 본 장현우는 이유를 알아차렸다.

"먹잇감이 있는 곳을 찾는 거야."

그래서 사람들이 많이 있을 것 같은 큰길로 움직인 것이다. 장현우는 옷장에서 푸른색 윈드점퍼를 꺼내 입고 지퍼를 끝까지 채웠다. 그런 다음 스키 마스크를 착용하고, 야구 모자를 푹 눌러썼다. 두툼한 스키 장갑 대신 가죽 장갑을 꺼내서 끼고, 도끼도 챙겼다. 그리고 마지막으로 도어 렌즈를 통해 복도를 살펴봤다. 다행히 좀비로 변해서 대기하고 있던 옆집 아저씨는 보이지 않았다. 먹잇감을 찾아 다른 곳으로 간 것 같았다. 심호흡을 한 장현우는 문득 이게 몇 번째 도전인지 생각해 봤다. 손가락으로 꼽아 보던 그가 중얼거렸다.

“일곱 번째네. 나한테 대체 무슨 일이 벌어지고 있는 거지?”

아무 대답도 들리지 않았고, 대답을 해 줄 존재도 없었다. 장현우는 밀려오는 두려움을 억지로 씹어 삼키며 현관문을 열었다. 삐걱거리는 소리와 함께 좀비가 지배하는 세상의 낯선 공기가 밀려 들어왔다. 문고리를 잡은 채 주변을 조심스럽게 살펴봤다. 다행히 복도에는 아무도 없었다. 장현우는 조심스럽게 1층으로 내려갔다. 유리로 된 현관문 앞에 누군가 서성거리는 게 보였다. 청바지 차림의 젊은 남자였는데 차에 치였는지 한쪽 팔이 뼈가 드러날 정도로 부러져서 덜렁거리는 중이었다.

장현우가 내려가자 유리문에 머리를 박고 있던 젊은 남자 좀비가 고개를 들어서 그를 바라봤다. 도끼를 단단히 움켜쥔 장현우는 그 앞에 서서 열림 버튼을 눌렀다. 잔뜩 긴장했지만 싸움은 싱겁게 끝났다. 유리문이 열리자 균형을 잃은 젊은 남자 좀비가 비틀거리며 앞으로 쓰러진 것이다.

"바보 같으니."

싸울 필요도 없이 버튼을 누르고 얼른 밖으로 나왔다. 그러자 유리문이 닫히고, 뒤늦게 일어난 젊은 남자 좀비는 졸지에 안에 갇혀 버리고 말았다. 유리문이 닫히고 나서야 일어난 젊은 남자 좀비는 이번에도 유리문에 머리를 박을 뿐 열 생각을 하지 못했다.

약간 안쓰러운 눈으로 바라보던 장현우는 야구 모자를 푹 눌러쓰고 필로티 주차장을 벗어났다. 골목길에는 많진 않지만 좀비들이 돌아다니고 있어서 정신을 바짝 차려야만 했다. 장현우는 몸을 낮춘 채 최대한 빨리 골목길을 향해 뛰었다. 좀비가 되면 시야가 확 줄어서 그런지 바로 옆을 스쳐 지나가도 뒤늦게 고개를 돌리곤 했다. 덕분에 골목길에 엎어진 자전거가 있는 곳까지 쉽게 뛰어갈 수 있었다.

숨을 고른 장현우는 얼른 손잡이를 잡고 자전거를 일으켰다. 숨소리와 자전거를 일으키는 소리 때문인지 앞에서 다리를 절룩거리며 걷던 청바지 차림의 아저씨 좀비와 위에서 내려오던 회색 후드 차림의 여자 좀비가 동시에 장현우를 노리고 덤벼들었다.

"이크."

그동안의 경험으로 맞서 싸우는 것보다 피하는 게 우선이라는 것을 체득한 장현우는 옆으로 몸을 날렸고, 두 좀비는 달려오는 속도에 못 이겨 서로 부딪치면서 쓰러지고 말았다. 그사이 자전거의 안장에 올라탄 장현우는 페달을 밟았다. 그리고 그녀의 집으로 가는 골목길로 접어들었다. 좁은 골목길이었지만 좀비들이 어느 지점쯤에서 나올지 대략 알 수 있었기 때문에 속도를 늦춰서 피하거나 아니면 다가오는 좀비를 발로 걷어차곤 했다.

마지막에 전봇대 뒤에서 나타난 좀비에게는 마치 기병이 다가오는 적군을 공격하는 것처럼 도끼를 휘둘렀다. 뺨에 도끼를 맞은 좀비는 충격에 못 이겨 그대로 전봇대에 기댄 채 쓰러졌다. 골목길을 벗어나 네일 아트 숍이 있는 길까지 달린 장현우가 안도의 한숨을 쉬는 순간, 바로 옆에서 튀어나온 좀비와 부딪쳤다.

"으윽!"

자전거와 함께 바닥에 쓰러지면서 어깨에 큰 충격을 받았다. 하지만 반복되는 일상 속에서 산전수전을 다 겪은 탓에 장현우는 놀라는 대신 몸을 굴려서 바로 일어났다. 그와 부딪친 것은 바로 옆 정육점에서 나온 것이었다. 피가 튄 하얀색 앞치마를 입은 30대 남성이었는데, 아마 정육점에서 일을 하다 좀비가 된 것 같았다.

씩씩거리던 그는 장현우를 향해 덤벼들었다. 옆으로 훌쩍 몸을 날려서 피한 장현우는 달려오는 좀비의 머리를 향해 도끼를 내리찍었다. 머리에 비스듬하게 찍힌 도끼는 왼쪽 눈까지 파고들었다. 하지만 좀비가 속도를 이기지 못하고 그대로 달려가는 바람에 도끼까지 딸려 갔고, 도끼를 손목에 줄로 감아 놓은 탓에 장현우까지 끌려가고 말았다. 놓치지 않기 위해 감아 놓은 것이 오히려 문제가 된 것이다.

"젠장."

빙그르르 돌면서 좀비 위에 넘어진 장현우는 바로 일어나려고 했지만 아래쪽에 깔린 정육점 좀비가 버둥거리는 바람에 좀처럼 일어나지 못했다. 거기다 쓰러진 그를 보고 출근을 하다가 변한 것으로 보이는 직장인 여성 좀비가 덤벼들었다. 한쪽 손으로 여성 좀비의 목을 잡았지만 엄청난 힘으로 눌러 대는 탓에 점차 가까워졌다.

"으, 윽."

다른 한 손을 쓰면 그나마 버틸 수 있을 것 같았지만 손목에 줄로 감겨 있는 도끼가 아래쪽에 깔린 정육점 좀비의 머리에 박혀서 빠질 생각을 하지 않아서 쓸 수가 없었다. 그러는 와중에 직장인 여성 좀비의 이빨은 조금 더 가까워졌다.

"망할!"

마지막 순간, 장현우가 아래쪽에 깔린 채 발버둥 치던 좀비의 뒤통수를 머리로 찍어 대자 도끼가 푹 빠졌다. 그걸 위에서 눌러대던 직장인 여성 좀비의 목에 갖다 댔다. 위에서 눌러 대면서 차츰 도끼의 날이 직장인 여성 좀비의 목을 파고들었다. 서걱거리는 끔찍한 소리가 들리는 가운데 고개를 옆으로 돌린 장현우는 마지막 힘을 쥐어짜서 도끼를 밀었다.

"으아악!"

서걱거리는 소리와 함께 직장인 여성 좀비의 목이 툭 잘려서 길가로 굴러갔다. 머리를 잃은 직장인 여성 좀비는 두 팔을 허우적거리면서 나뒹굴었다. 죽다 살아난 장현우는 몸을 일으켜서 아직 누운 채 발버둥 치고 있던 정육점 좀비의 머리를 도끼로 난도질했다. 알 수 없는 이유로 같은 일상이 반복되고 있긴 하지만 죽는 것만큼은 여전히 두려웠던 것이다.

"나는 좀비가 되기 싫다고!"

무엇보다 잠깐이지만 좀비가 되어 버려서 먹잇감을 찾아다닌 것이 끔찍했다. 모든 감정이 사라진 채 오직 살육에 대한 탐욕만

이 남은 메마른 감정의 상태가 너무나 싫었다. 그런 생각을 하던 장현우는 또 다른 한 가지 공통점을 찾았다.

"좀비가 되었다가 죽어서야 끝나는군."

반복되는 일상 속에서 어떤 패턴이 존재한다는 걸 다시금 깨달았다. 하지만 일단 지금은 좀비들을 피해야 할 때였다. 옆에 뒹굴고 있는 자전거를 일으켜 세운 장현우는 그녀가 있는 집을 향해 갔다.

페달을 힘주어 밟자 속도가 빨라지면서 거리에서 아우성을 치는 좀비들을 피해 갈 수 있었다. 하지만 절반쯤 가자 도로에 차들이 엉켜 있는 바람에 더 이상 갈 수 없었다. 거기다 차들이 부딪치면서 난 연기와 불길 때문에 앞이 보이지 않았다. 길 옆 다세대 빌라의 필로티 주차장에서 튀어나온 승용차가 빠른 속도로 길을 달리던 승합차와 충돌한 것이다. 제법 큰 충돌이었는지 불길이 두 차를 휩쓴 상태였다. 그 옆에서 좀비들이 몸에 불이 붙은 줄도 모르고 서성거리고 있었다.

"이러면 위험한데."

연기 속에서 좀비가 확 튀어나올 수도 있었기 때문에 장현우는 더 이상 페달을 밟을 수 없었다. 자전거를 멈춘 그는 주변을 돌아봤다. 다행히 필로티 주차장 쪽은 불길이 번진 것 같지는 않았다. 장현우는 몸을 최대한 낮추고 지나가 보기로 했다. 윈드점퍼의 소매로 입을 가린 장현우는 재빨리 필로티 주차장 쪽을 가로질러 갔다. 다행히 연기에 가려진 탓인지 주변에 있던 좀비들이 공격하지는 않았다.

안도의 한숨을 돌린 장현우는 밀려오는 연기에 숨을 참아 가면서 달렸다. 여전히 좀비들이 득실거리지만 비를 맞으면 안 되는 핸디캡이 사라진 상태라 어느 정도 여유는 있었다. 주차장에서 나와서 다시 길로 접어드는데 앞에 배송용 트럭이 옆으로 넘어져 있는 게 보였다. 활짝 열린 뒷문으로 배송을 하던 물건들이 쏟아져 나와 있었다. 이제 그걸 기다리던 고객들은 영원히 받지 못할 물건들이었다. 배송용 트럭도 어딘가를 세게 부딪쳤는지 운전석 유리창이 깨져 있었고, 앞부분이 움푹 들어가 있었다.

장현우가 혹시나 싶어 트럭의 짐칸을 살펴보는데 뒤에서 괴성이 들렸다. 고개를 돌리자 불이 붙은 한 무리의 좀비들이 두 팔을 허우적거리며 쫓아오고 있었다. 잡히면 좀비로 변하는 건 둘째 치고 불타 죽을 게 뻔했기 때문에 일단 도망쳐야만 했다. 그런데 맞은편에서도 한 무리의 좀비들이 접근하는 중이었다.

"어, 어쩌지?"

잘못하면 양쪽 사이에 끼어서 꼼짝 못 할 수도 있었지만 다행스럽게도 여자 친구의 원룸이 있는 빌라가 코앞이었다. 장현우는 젖 먹던 힘까지 쥐어짜서 달렸다. 다행히 양쪽에서 덤벼드는 좀비들 사이에 끼기 전에 여자 친구가 사는 빌라 안으로 도망치는 데 성공했다. 주현이가 사는 빌라는 오래된 곳이라 현관에 출입 장치가 따로 없어서 아슬아슬하게 들어갈 수 있었다.

유리문을 몸으로 막던 장현우는 가지고 있던 도끼를 현관문의 손잡이 사이에 끼웠다. 좀비들이 몰려서 문을 밀고 있었지만 여자 친구의 집까지 들어가는 정도의 여유는 있을 것 같았다. 한숨을 돌린 그는 계단을 올라갔다. 너무 방심한 탓인지 2층 계단을 돌면서 앞을 제대로 보지 않아서 백발의 할머니 좀비와 딱 마주치고 말았다. 눈이 퀭하다 못해 없어져 버린 할머니 좀비가 입을 벌린 채 덤벼들었다. 무심코 팔을 들어서 막았지만 팔뚝이 물리고 말았다. 그 순간 장현우는 눈물이 날 정도로 억울했다.

"진짜, 한 층만 더 올라가면 되는데."

분통을 터트리던 장현우는 좀비가 된 할머니에게 떠밀려서 1층으로 주르륵 미끄러졌다. 고개를 들자 유리문을 두드리는 좀비들의 모습이 거꾸로 보였다. 자포자기한 장현우는 그대로 좀비가 되기를 기다렸다. 그런데 여전히 팔뚝을 물고 있는 할머니 좀비의 입에 이빨이 없는 게 보였다. 그때서야 그는 할머니 좀비가 틀니가 없어져서 잇몸으로 자신의 팔뚝을 문 것을 알아차렸다.

"뭐야."

허탈해진 장현우의 귀에 현관의 유리문이 금이 가는 소리가 들렸다. 좀비들이 몰려들어서 두드리고 밀어 대는 통에 금이 간 것이었다.

"아우, 이러다가 물리기 전에 깔려 죽겠다."

장현우는 할머니 좀비를 옆으로 떠밀어 버리고 몸을 일으켰다. 그리고 다시 자신에게 덤비는 할머니 좀비를 걷어차서 지하 계단으로 굴러떨어지게 만들었다. 그 순간, 더 이상 견디지 못한 현관의 유리문이 산산조각 나 버렸다. 마치 폭탄이 터진 것처럼 유리 조각이 사방으로 튀었고, 좀비들이 한 덩어리로 뒤엉켜서 안으로 쏟아져 들어왔다.

그들이 손을 뻗으면 닿을 정도의 거리에 있었던 장현우는 죽을힘을 다해서 계단을 뛰어 올라갔다. 다행히 뒤엉킨 채 넘어진 좀비들이 쉽사리 일어나지 못하면서 약간의 틈을 얻을 수 있었다. 필사적으로 계단을 올라서 3층에 있는 여자 친구의 원룸에 도달했다. 다행히 복도에는 좀비들이 없었다. 너무 급해서 초인종을 누르는 대신 알고 있는 비밀 번호를 눌러서 전자 도어 록을 열었다. 가끔 에러가 나서 몇 번을 해야 열렸는데 고맙게도 이번에는 한 번에 잘 열렸다. 문을 벌컥 연 장현우는 기쁜 마음에 소리쳤다.

"주현아!"

그런데 놀랍게도 집 안에는 아무도 없었다. 원룸이라 현관에서면 화장실을 제외하고는 한눈에 보였는데 어디에도 보이지 않았다.

"주, 주현아."

일단 그녀가 안전한지 확인하고 붉은 후드를 입은 여성을 찾으려고 했었는데 시작부터 틀어진 것이다. 혹시나 해서 화장실을 열어 봤지만 보이지 않았다.

"대체 어디로 간 거야?"

장현우가 입구에 서서 생각을 하는데 아래층에서 뛰어 올라온 좀비들이 보였다. 집 안으로 들어가려던 그는 붉은 후드를 찾아야겠다는 생각에 안으로 들어가는 대신 문을 닫고 위층으로 도망쳤다. 그리고 옥상으로 올라가서 문을 닫았다. 옥상 쪽에서 문을 잠글 수는 없어서 의자를 가져다가 기대 놓은 장현우가 천천히 주변을 돌아봤다. 하지만 여자 친구 주현이도 그리고 붉은 후드를 입은 여성도 보이지 않았다.

문은 당장이라도 열릴 것 같았다. 싸울 만한 무기를 찾는데 옥탑방에 야구 방망이가 하나 기대어져 있는 게 보였다. 그곳으로 가서 야구 방망이를 집어 드는데 옥상 문이 벌컥 열렸다. 야구 방망이를 치켜들고 후려칠 준비를 하던 장현우는 제일 앞에 선 좀비를 보고 웃고 말았다. 처음 올라온 것은 바로 할머니 좀비였다. 야구 방망이를 고쳐 잡은 장현우는 정확하게 머리를 겨누고 후려쳤다. 퍽 하는 소리와 함께 할머니 좀비는 옆얼굴이 찌그러지면서 쓰러졌다.

자신감을 얻은 장현우는 그 뒤로 덤벼드는 추리닝 차림의 젊은 남자 좀비의 배를 푹 찔러서 거리를 떼어 놓은 다음 머리를 후려쳤다. 딱 하는 소리와 함께 옆으로 날아간 남자 좀비가 바닥에 처박혔다. 몸을 낮춘 장현우는 그 뒤로 나타난 아줌마 좀비의 다리를 후려쳤다. 그리고 비틀거리며 주저앉은 아줌마 좀비의 뒤통수를 쳐서 끝내 버렸다.

하지만 그다음으로 덤벼든 택배 기사 좀비에게 떠밀려서 옆으로 넘어지고 말았다. 굴러가는 탄력을 이용해서 다시 일어서는 데 성공했지만 야구 방망이는 놓쳐 버렸다. 덤벼드는 택배 기사 좀비를 피해 뒤로 물러나던 장현우는 난간을 딛고 옥탑방 지붕으로 기어 올라갔다. 똑같은 방법으로 올라오려던 택배 기사 좀비는 난간 위에서 미끄러지면서 아래로 떨어졌다. 그다음으로 등산복 차림의 아저씨 좀비가 옥탑방의 지붕에 손을 댔지만 장현우의 발길질에 역시 길바닥으로 떨어져서 풍선처럼 터져 버렸다.

그럼에도 불구하고 더 많은 좀비들이 옥상으로 몰려와서는 옥탑방의 지붕으로 올라오려고 시도했다. 장현우는 지붕에 있던 위성 안테나를 뽑아서 닥치는 대로 휘둘렀다. 하지만 사방에서 올라오는 좀비들을 막기에는 어림도 없었다. 점차 포위망이 좁혀지는 가운데 장현우의 눈에 좀비들 틈에 우두커니 서 있는 붉은 후드를 입은 여인이 보였다. 아우성을 치며 달려드는 좀비들 틈에서 마치 투명 인간처럼 서 있는 그녀를 본 장현우가 중얼거렸다.

"아쉽네."

이번에도 그녀의 정체를 밝히는 것은 어려울 것 같았다. 그렇게 우두커니 서 있던 장현우는 옥탑방의 지붕으로 올라온 좀비들에게 잡혀서 처절하게 물어뜯겼다. 온몸을 물어뜯긴 장현우는 고통에 몸부림을 치다가 마지막 힘을 쥐어짜서 그들을 뿌리치고 옥탑방 지붕에서 옥상으로 뛰어내렸다. 그를 붙잡고 있던 수많은 좀비들도 함께 떨어지면서 사방으로 나뒹굴었다.

다리가 부러질 것 같은 아픔을 참고 일어난 장현우는 여전히 홀로 서 있는 그녀에게 절룩거리며 다가갔다. 물어뜯긴 온몸에서 고통이 소용돌이 쳤고, 그 고통이 머리로 타고 올라왔다. 머리가 뜨거워지면서 인간으로서의 감정이 서서히 사라지는 게 느껴졌다. 이번에도 실패했다는 사실과 함께 여자 친구가 왜 원룸에 없었는지 궁금해졌다. 장현우는 마지막 감정을 쥐어짜 내며 물었다.

"너는 누구지?"

그러자 붉은 후드를 입은 여인이 메마른 목소리로 대답했다.

"너를 기다리던 사람."

"나를 왜 기다렸지?"

장현우는 대답을 들으려고 했지만 더 이상 들을 수가 없었다. 간신히 억누르고 있던 고통이 머리를 완전히 감싸 버렸기 때문이었다. 고개를 들고 기침을 하자 피가 튀어나왔다. 그리고 더 이상 인간으로서의 감정을 상실한 장현우의 눈에 붉은 후드를 쓴 여인은 질문의 대상이 아니라 단지 살육의 욕망을 채워 줄 먹잇감으로밖에 보이지 않았다.

좀비로 변해 버린 장현우는 괴성을 지르며 그녀에게 덤벼들었다. 하지만 그녀의 몸에 손이 닿는 순간, 장현우의 몸이 서서히 부서져 나갔다. 시간이 엄청 느려지는 느낌을 받았는데, 그러면서 몸이 조금씩 바스러져서 사라지는 게 느껴졌다. 하지만 좀비가 된 장현우는 몸이 조각나서 사라지는 고통보다 눈앞의 먹잇감을 먹을 수 없다는 것에 더 좌절하고 분노했다. 몸이 서서히 사라지는 와중에도 으르렁거리며 이빨을 드러내는 장현우에게 붉은 후드를 입은 여인이 말했다.

"이젠 내가 찾아갈게."

하지만 서서히 사라지고 있던 장현우에게는 아무 말도 들리지 않았다.

또 다른 하루, 여덟 번째 날

"으아악!"

악몽은 비명과 함께 사라졌다. 땀에 흠뻑 젖은 채 눈을 뜬 장현우는 주변을 돌아봤다. 같은 날이 반복되면서 익숙한 집 안의 풍경이 보였다. 그리고 앞으로 무슨 일이 벌어질지도 알고 있었고, 어떻게 대처해야 할지도 대략은 알고 있어서 그렇게 놀라거나 당황스럽지는 않았다. 하지만 그가 곤혹스러워하는 것은 따로 있었다.

"주현이가 집에 없었어."

전화 통화이긴 했지만 분명 집에 있는 걸 확인했었다. 그런데 어디로 사라졌는지 문을 열었을 때는 안에 없었다.

"날 찾으러 밖으로 나왔던 걸까? 아니면 겁이 나서 그냥 도망쳤을까?"

잠깐 생각해 보던 장현우는 둘 다 아니라는 결론을 내렸다. 집 안에서 분명 좀비들이 날뛰는 것을 보았기 때문이었다. 그런데 밖으로 나가서 어디론가 도망친다는 건 상상할 수 없는 일이었다. 그래서인지 시간이 없다는 걸 알면서도 움직이기가 싫었다. 같은 하루가 반복되고 좀비가 되어서 죽으면 다시 아침이 시작되었지만 그때마다 몸이 무겁고 쉽게 지쳤다.

"분명 계속 죽는 게 영향을 미치는 거 같아."

무엇보다 이런 반복된 일상이 왜 계속되는지 이유를 알 수 없었다.

"꿈이나 어떤 실험 아닐까? 아니면, 게임의 버그 같은 거?"

이런 식으로 일상이 반복되는 플롯의 드라마나 영화는 많이 봤지만 실제로 당사자가 될 줄은 꿈에도 몰랐던 장현우는 초조해졌다.

"어떻게 해도 피할 수가 없잖아."

그게 가장 큰 문제였다. 물론 좀비들을 피하는 방식을 터득하거나 살아남는 기간이 좀 더 길어진 것은 사실이지만, 그것뿐이었다. 항상 결론이 똑같았기 때문에 어떻게 보면 무의미한 행동들의 반복이었다.

"어떡해야 하지?"

손톱을 물어뜯으며 초조하게 생각에 잠겨 있던 장현우는 갑자기 여자 친구가 떠올랐다. 일단 비가 내리기 전에 연락을 해서 카페에서 집으로 돌려보내야 할 것 같아 서둘러 여자 친구에게 전화를 걸었다. 하지만 이상하게도 전화를 받지 않았다. 프리랜서라서 늘 전화를 열심히 받았던 그녀였고, 반복된 일상 속에서도 늘 한 번에 전화를 받았었다.

"이상하네."

뭔가 불안한 느낌이 든 장현우는 잠시 후에 다시 전화를 걸었다. 바깥을 보니까 당장이라도 비가 올 것처럼 하늘이 어두웠다.

"이러다가 늦겠는데?"

불안해하는 찰나에 갑자기 초인종이 울렸다. 깜짝 놀란 장현우는 하마터면 휴대폰을 떨어뜨릴 뻔했다. 현관문으로 다가가서 외시경으로 바깥을 살펴본 그는 입을 다물지 못했다. 밖에서 초인종을 누른 것은 다름 아닌 붉은 후드를 입은 그녀였기 때문이었다. 놀란 장현우가 뒷걸음질로 물러났다. 그러자 그녀의 목소리가 현관 문 너머에서 들려왔다.

"어서 문 열어. 안에 있는 거 다 알고 있어."

마치 알고 지낸 사람인 것 같은 그녀의 말투에 장현우는 더더욱 겁을 집어먹었다.

"널 도와주러 온 거야. 해치러 온 거 아니니까 겁먹지 말라고."

하지만 장현우는 선뜻 문을 열어 줄 생각을 하지 못했다. 여러 번 반복된 일상 속에서 갑작스럽게 찾아온 균열이 어떤 의미인지 쉽사리 판단이 되지 않았다. 혼란이 두려움으로 변하고, 두려움은 그를 앞으로 나아가지 못하게 만들었다. 그러자 밖에서 그녀의 목소리가 다시 들렸다.

"여자 친구가 어떻게 되도 상관없어?"

그 얘기를 들은 장현우가 조심성을 내려놓고 물었다.

"네, 네가 어떻게 여자 친구를 알고 있는 건데?"

"잘 알고 있으니까. 여자 친구랑 다시 만나고 싶으면 문을 열어, 어서."

"진짜 여자 친구랑 만날 수 있게 해 주는 거야?"

"물론이지. 내 얘기를 들으면 돼."

결심을 굳힌 장현우는 현관문으로 다가가서 문을 열어 줬다. 그러자 안으로 들어온 붉은 후드의 그녀가 손가락을 입으로 가져가며 조용히 하라는 손짓을 했다. 가볍게 고개를 끄덕거린 장현우는 옆으로 물러나서 그녀를 안으로 들어오게 하고는 문을 닫았다. 멀리서 봤을 때는 몰랐는데 창백한 피부에 크고 푸른 눈동자를 가지고 있어서 나이와 인종을 파악하기 어려웠다. 안으로 들어온 그녀가 방 안을 천천히 살폈다. 뭔가를 찾는 것처럼 꼼꼼하게 돌아보는 그녀의 모습에 궁금증을 느낀 장현우가 다가갔다.

"뭘 하는……."

그녀가 이번에도 조용히 하라는 손짓을 하더니 주머니에서 작은 막대기 같은 걸 꺼냈다. 라이터랑 비슷하게 생겼는데 윗부분의 버튼을 누르자 녹색의 광선 같은 게 나왔다. 그걸로 방 안을 이리저리 살펴보던 붉은 후드의 그녀는 컴퓨터가 있는 곳으로 성큼성큼 걸어갔다. 그러고는 모니터 옆에 있는 빈 콜라 캔을 집었다. 콜라 캔을 이리저리 살펴보다가 손가락을 뚜껑 안에 넣어서는 뭔가를 꺼냈다.

검지손가락에 묻어 있는 걸 보여 줬는데 처음에 장현우는 그것이 날파리 같은 건 줄 알았다. 그런데 그녀가 손가락에 힘을 줘서 비비자 안에서 금속 조각 같은 게 나왔다. 놀란 장현우가 바라보자 그녀는 손가락을 탁탁 털어서 금속 조각을 털어 내고는 창가로 향했다. 그리고 방범창의 창살을 만지더니 똑같이 생긴 걸 하나 더 찾아내서 부쉈다.

그런 식으로 몇 개를 더 찾아내서 파괴한 그녀가 장현우를 돌아봤다. 그러고는 의자에 앉으라고 손짓을 했다. 시키는 대로 의자에 앉은 그에게 다가온 붉은 후드의 여인은 주머니에서 작은 금속 큐브 같은 걸 꺼냈다. 그걸 살짝 비틀자 빗금 형태로 살짝 갈라지면서 빛이 났다. 그걸 장현우가 앉은 의자 옆 책상에 놓은 다음 몇 걸음 뒤로 물러났다.

금속 큐브에서 작은 진동 같은 게 느껴졌는데, 묘하게 기분이 나빠지면서 신경이 거슬렸다. 거기다 밖에서 비가 올 기미가 보이는데 여자 친구에 관한 얘기도 해 주지 않은 상태였다. 장현우가 그녀에게 물었다.

"여자 친구는?"

"넌 지금 최악의 상황에 처해 있어."

그녀의 말을 들은 장현우는 서글픈 마음에 픽 웃고 말았다.

"그렇긴 하지. 매일 아침에 일어나면 전날 이상한 빛이 나타났다는 뉴스가 나오고, 그게 끝나면 비가 오는데 그걸 맞은 사람들이 몽땅 좀비로 변해 버리잖아. 어떻게든 피해서 여자 친구에게 가려고 하지만 매번 실패하고, 좀비에게 물려서 똑같이 변해 버린 다음에 죽는 걸로 끝나. 그리고 다음 날 아침에 다시 시작!

정말 최악의 상황이긴 해. 거기다 목숨 걸고 찾아간 여자 친구는 행방이 묘연하고 말이야."

흥분한 장현우가 손을 휘저으며 말하자 가만히 지켜보던 붉은 후드를 입은 여인이 대답했다.

"아무것도 모르고 있군. 넌 실험용 쥐 같은 신세야. 아무튼 널 찾으려고 애를 좀 먹었어."

"나를 왜?"

"재생되면 처음부터 다시 찾아야 하거든."

"매일 같은 하루가 반복되는 걸 재생이라고 불러?"

"응, 네가 여자 친구의 집으로 가려고 하는 것처럼 나도 너를 찾으려고 매일 같은 하루를 반복했어."

"뭐라고?"

"처음에는 어디 있는지 파악하다가 끝났고, 그다음에는 이곳으로 오다가, 그리고 다음에는 여기 왔는데 네가 없는 바람에 어디 갔는지 찾다가 끝났어. 그러다가 결국 여자 친구 집으로 가는 걸 확인하고 기다리고 있다가 만난 거지."

"그러니까 나를 찾기 위해서 여자 친구의 원룸이 내려다보이는 곳에 있었다는 얘기야?"

"맞아."

그녀의 얘기를 들은 후 장현우에게는 더 큰 혼란이 찾아왔다. 매일 반복되는 일상을 겪는 것이 일종의 실험이고, 누군가 자신을 찾으려고 같은 일상을 반복했다는 점도 이해하기 어려웠다. 이런저런 생각을 하다가 갑자기 눈앞의 그녀가 좀비이고 자신을 공격하기 위해 거짓말로 유혹하고 있는 게 아닌가 하는 생각이 들었다. 좀비가 사람을 말로 속인다는 게 얼마나 어처구니없는 일인지 알고 있었지만 갑자기 든 생각은 점점 확신으로 변했다.

때마침 그녀가 창밖을 살피기 위해 등을 지고 있는 상황이었다. 타이밍을 재던 장현우는 심호흡을 하고 현관문을 향해 달렸다. 하지만 몇 발자국 가기도 전에 알 수 없는 힘에 붙잡혀서 발이 바닥에 붙어 버렸다.

"뭐, 뭐야?"

발버둥을 쳐 봤지만 발은 꼼짝도 하지 않았다. 고개를 돌리자 창가에 있던 그녀가 한 손을 뻗은 게 보였다. 손끝에서 희미한 빛이 나왔고, 그게 장현우의 몸을 붙잡은 것 같았다. 장현우가 다급하게 말했다.

"무슨 얘긴지 못 알아듣겠고, 여자 친구에게 가야 하니까 제발 놔줘."

그러자 붉은 후드를 입은 여인이 한심하다는 표정을 지었다.

"답답하군. 넌 지금 실험용 쥐라고, 자신이 이용당하고 있는 거 모르겠어?"

"이상한 건 알겠는데, 제대로 말해 주지도 않고 빙빙 돌려서 말하니까 못 알아듣잖아."

"못 알아듣는 건 너지. 받아들일 준비가 되어 있지 않잖아."

그녀가 손을 내리자 빛이 사라지면서 꼼짝 못 하던 몸이 자유로워졌다. 균형을 잃은 장현우는 두 팔을 허우적거리며 앞으로 넘어졌다. 팔꿈치와 턱에서 통증이 느껴졌지만 장현우는 꾹 참고 일어나서 그녀를 마주 봤다.

"내가 준비가 안 되어 있다고?"

장현우에게 한발 다가간 붉은 후드를 입은 여인이 말했다.

"우리는 재생이 되면 될수록 잠재되어 있는 능력을 각성하게 되어 있어."

"능력이라니, 눈에서 레이저 광선이라도 나가서 좀비들을 태워 버리나?"

비아냥거리는 말투로 묻던 장현우는 붉은 후드를 입은 여인의 눈이 파랗게 빛나는 걸 보고는 입을 다물었다. 그녀가 입을 열려던 찰나, 쨍그랑 하는 소리와 함께 유리창이 깨졌다.

"뭐, 뭐야?"

반사적으로 손으로 얼굴을 막으며 뒤로 물러난 장현우는 유리창에 주먹만 한 구멍이 난 걸 보고는 중얼거렸다.

"누가 돌이라도 던진 거야?"

"돌이 아니라 비둘기야."

그녀의 말대로 유리 조각이 흩어진 바닥에 비둘기 한 마리가 웅크리고 있었다.

"세상이 미쳐 돌아가니까 비둘기까지 미쳤나?"

그런데 유리창을 뚫고 방 안으로 들어온 비둘기가 뭔가 이상했다. 온몸의 털이 거칠게 서 있었고 툭 튀어나온 눈동자는 회색이었다. 비둘기의 회색 눈동자를 본 장현우가 중얼거렸다.

"인간처럼 동물들도 좀비가 되는 건가?"

바닥에서 구구거리며 울던 비둘기가 갑자기 날개를 펼쳤다. 그리고 장현우를 향해 날아들었는데, 갑작스러운 탓에 피하지 못하고 말았다.

"안 돼! 비켜!"

장현우가 손으로 뿌리치려고 했지만 좀비 비둘기는 발톱으로 어깨를 찍은 채 부리로 목을 사정없이 물어뜯었다.

"으아악!"

좀비한테 물어뜯겼을 때처럼 장현우의 목에서 피가 사정없이 튀었다. 뒤늦게 붉은 후드를 입은 그녀가 다가와서 비둘기를 잡아 벽에 내동댕이치면서 겨우 물어뜯기는 것이 끝났다. 벽에 부딪히고 바닥에 떨어진 비둘기는 다시 날아오르기 위해 날개를 푸드덕거렸다. 하지만 붉은 후드를 입은 여인이 의자를 들어서 내리치는 바람에 피범벅이 되어 축 늘어졌다. 그녀가 목을 움켜쥔 채 비틀거리는 장현우를 쳐다보며 중얼거렸다.

"아, 또 실패잖아."

장현우는 보이지 않는 창이 관통하는 느낌과 함께 서서히 몸이 뜨거워지는 것을 느꼈다. 열기가 점점 눈으로 몰리면서 눈동자가 터질 듯이 아파 왔다. 벽에 기댄 채 미친 듯이 눈을 깜빡거리는데 서서히 세상이 회색으로 변했다. 마침 그가 서 있는 곳 맞은편에는 여자 친구가 사 준 거울이 있었다. 거울에 한쪽 손으로 목을 움켜쥐고 있는 회색 눈의 좀비가 보였다.

장현우는 변해 가는 걸 막기 위해 몸부림을 쳤지만 고통을 이겨 내지 못하고 서서히 감정을 잃어버렸다. 정신이 몽롱해지던 장현우는 인간에 대한 강렬한 식욕을 느꼈다. 그리고 눈앞에 서 있는 붉은 후드를 입은 여인이 더없이 맛있는 음식처럼 보였다. 두 팔을 앞으로 뻗은 장현우가 이빨을 드러내며 다가갔다.

"크르르르!"

얼굴을 찡그린 채 뒤로 물러나던 그녀는 곧 깨진 유리창이 있는 벽에 등이 닿았다. 이제 곧 그녀의 목을 물어뜯을 수 있다는 생각에 좀비가 된 장현우는 희열을 느끼며 다가갔다. 그때 그녀가 잽싸게 옆으로 몸을 피해서 책상 위에 있던 금속 큐브를 집었다. 뒤늦게 손을 뻗었지만 아슬아슬하게 놓친 장현우는 괴성을 내며 움직였다.

그녀가 다가오는 장현우를 향해 금속 큐브를 내밀었다. 손바닥 위에 놓인 금속 큐브가 하얀빛을 뿜어냈다. 그러면서 어마어마한 열기가 그를 덮쳤다. 충격에 못 이겨 벽으로 튕겨 간 장현우는 온몸이 서서히 불에 타서 잿더미가 되어 갔다. 팔이 사라지고 몸통이 서서히 타 버리면서 머리가 바닥에 떨어졌다. 바닥을 뒹군 머리가 옆으로 기울어지면서 벽에 기댄 자신의 몸통이 서서히 사라지는 걸 지켜봐야 했다. 그리고 머리 역시 열기에 못 이겨 녹아서 바스라지면서 그의 의식도 빛과 함께 사라져 버렸다.

또 다른 하루, 아홉 번째 날

"으아악!"

악몽은 비명과 함께 사라졌다. 이번에도 장현우는 눈을 뜸과 동시에 주변을 살펴봤다. 마치 재생되는 것처럼 똑같은 방 안 풍경이 보였다. 이전에는 눈을 뜨면 잠깐 동안 어지럽거나 멍했는데 이제는 그러지 않았다. 잠을 잤다가 눈을 뜬 게 아니라 잠깐 눈을 감은 것 같은 느낌이 들었다.

"뭐지?"

같은 날이 반복되었지만 시작점이 뭔가 다르다는 점이 오히려 장현우를 두렵게 만들었다. 거기다 붉은 후드를 입은 여인의 등장 이후 뭔가 균열이 생기고 있다는 느낌이 더해지면서 그를 더욱 불안하게 했다. 그래서 앞서 눈을 떴을 때와는 달리 서둘러 움직이지 않았다. 여자 친구에게 전화를 해서 빨리 집으로 돌려보내지도 않았고, 좀비와 맞서 싸우기 위한 준비를 하지도 않았다. 그냥 침대에 걸터앉아서 이게 어떻게 돌아가고 있는지 곱씹었다.

"매번 같은 일상이 반복되고 있어. 그리고 이상한 여자가 나타나서 내가 실험실의 쥐 신세라고 했고 말이야."

무엇보다 물려서 좀비가 되었을 때의 고통이 두려웠다. 온몸이 불타는 작열통을 느끼는 것은 물론, 좀비로 변할 때 신경이 뒤틀리고 사라져 가는 기분이 너무나 싫었다. 여자 친구를 구하겠다는 마음이나 이상한 일에 대한 호기심이 사라져 버린 장현우는 침대에서 일어나 휴대폰을 바라봤다. 여자 친구에게 전화를 할까 하다가 포기했다.

"그러면 구하러 가야 하잖아."

얼굴을 두 손으로 감싼 채 방 안을 빙빙 돌던 장현우는 지난번 일이 생각나서 황급히 창가로 다가갔다. 그리고 창문을 모두 닫은 채 커튼을 쳤다. 그러고도 불안함이 가시지 않자 아예 침대 매트리스를 꺼내서 창문을 막아 버렸다. 그렇게 하고도 불안함과 초조함이 가시지 않았다. 그러다가 갑자기 현기증을 느꼈다. 침대에 누우려던 그는 매트리스를 빼낸 상태라 눕지 못하고 의자에 앉았다. 숨을 빠르게 내쉬면서 참아 보려고 했지만 어지러움은 더 심해졌다.

"못 견디겠어."

겨우 눈을 들어 방 안을 보는데 빙빙 도는 것처럼 느껴졌다. 거기에 구역질까지 더해지면서 결국 견디지 못하고 화장실로 들어갔다. 변기를 붙잡고 한참 구역질을 하고 고개를 들자 세상이 어지러워 보였다. 이마에 맺힌 땀방울이 눈으로 흘러들어 가면서 따끔거렸다. 장현우는 세면대의 수도꼭지를 틀고 미친 듯이 세수를 했다. 그리고 물방울과 습기 때문에 흐려진 세면대 위의 거울을 바라봤다. 얼굴이 제대로 보이지 않자 물에 젖은 손바닥으로 거울을 훔쳤다. 지치고 피곤한 자신의 얼굴을 본 장현우는 제 뺨을 세차게 때렸다.

"무슨 일이 일어나고 있는지 알아내야 해. 계속 좀비에게 물리고 다닐 수는 없잖아."

세수를 계속 하면서 생각을 하던 장현우는 문득 이상한 점을 하나 깨달았다.

"오늘 이전의 기억이 없어."

물론 또 다른 나를 만나는 상황이 있긴 했지만 현실이 아니라 꿈이었다. 현실이라면 내가 또 존재할 수 없기 때문이었다. 비옷을 비롯해서 물건을 챙겼을 때 그것을 어디에서 샀는지는 떠올랐지만 아주 단편적인 기억뿐이었다. 비옷을 산 이유는 캠핑 때문이라고 생각했지만 정작 정확한 날짜와 어느 장소로 캠핑을 갔는지는 기억이 나지 않았다. 여자 친구도 마찬가지였다. 청혼을 눈앞에 두고 있지만 하는 일과 이름 정도만 알 뿐, 어떻게 만나서 사귀게 되었는지에 대한 기억이 없다.

"매번 같은 상황에서 눈을 뜨는데 이전에 뭘 했는지 떠오르지 않아."

장현우는 천천히 생각을 해 봤지만 기억이 나지 않자 눈까지 감아 봤다. 하지만 또 다른 나를 만나는 이상한 꿈을 제외하고는 아무것도 기억나지 않았다. 혼란을 느낀 장현우는 화장실을 나왔다. 얼굴에서 물을 뚝뚝 흘리며 의자에 앉은 그는 다시 일어나서 방 안을 샅샅이 뒤졌다. 지난번 붉은 후드를 입은 여인이 찾아낸 것 같은 이상한 것들이 아니라 삶의 흔적을 찾기 위해서였다.

서랍과 옷장 안을 뒤져 봤지만 이전의 삶을 확인할 수 있는 것들은 나오지 않았다. 앨범이나 가족사진 같은 것도 없었고, 직장은 어디인지, 무슨 일을 하는지 기억이 나지 않았다. 그러니까 매번 반복되는 삶 속에서 중요한 몇 가지가 없다는 뜻이었다. 장현우는 엉망이 되어 버린 방 안을 돌아보면서 중얼거렸다.

"나는 대체 누구지?"

매트리스로 가려 버린 창밖에서 비가 내리는 소리가 들렸다. 이제 잠시 후면 비를 맞고 좀비로 변한 사람들에 의해 세상은 엉망진창이 되어 버릴 것이다. 장현우가 눈을 감고 기억을 찾기 위해 애를 쓰는데 갑자기 휴대폰이 울렸다.

"뭐지?"

그동안 같은 하루가 반복되었어도 어디선가 전화가 온 적은 없었다. 놀란 장현우는 조심스럽게 책상 위에 있는 휴대폰을 바라봤다. 액정에는 여자 친구 이주현의 이름이 떠 있었다. 손을 뻗은 장현우가 휴대폰을 들어서 통화 버튼을 눌렀다. 그러자 여자 친구의 목소리 대신 낯선 목소리가 들렸다.

[여자 친구를 만나고 싶나?]

"누구야, 너?"

처음 꿈을 꿨을 때 자신과 똑같은 놈이 여자 친구와 함께 있었던 것이 기억난 장현우의 목소리가 높아졌다.

[지금 중요한 건 내가 누구냐가 아니지. 여자 친구의 목숨이 위험하다는 거 아니겠어?]

능글맞은 상대방의 목소리에 장현우는 한쪽 눈을 찡그렸다. 잠시 잊고 있던 여자 친구의 존재가 떠오르자 걱정이 된 것이다. 그런 장현우에게 상대방이 말했다.

[여자 친구를 구하고 싶으면 당장 그녀의 집으로 와.]

“목적이 뭐야? 돈이라면 이제 필요 없어질 거야. 좀비들이 곧 나타나서 세상이 삭살나거든.”

[돈이 목적은 아니다. 그러니까 반드시 와. 안 그러면 여자 친구는 더 이상 만나지 못할 거다.]

단호한 상대방의 목소리에 장현우는 괴리감을 느꼈다. 지금 바깥세상은 좀비들 때문에 무너져 가고 있는데 얼굴도 모르는 납치범은 여자 친구를 붙잡고 있는 것이다.

“지금 잠깐 창밖을 좀 봐. 좀비들이 나타나서 세상을 휩쓸고 있다고, 가족이 있으면 그들에게 가.”

[두 번 얘기하게 하지 마. 여자 친구를 살리고 싶으면 이곳으로 와.]

“안 믿겠지만, 나는 지금 일곱 번째인가 여덟 번째 좀비가 되었다가 살아났어. 여자 친구를 만나러 가다가 말이야. 좀비한테 물리고 옥상에서 떨어지고, 지하철에서 반 토막이 나기도 했지. 지금 어차피 간다고 해도 중간에 좀비가 되고 말 거야. 그러니까 합리적으로 판단을 하겠어. 난 가지 않을 거야. 여자 친구에게 안부 전해 주고, 이만 끊자고."

[어제 이전의 일이 기억나지 않지?]

가슴을 푹 찌르는 것처럼 치고 들어오는 상대방의 질문에 장현우는 미처 대답하지 못했다. 그러자 상대방이 긁히는 것 같은 웃음소리를 냈다.

[이곳으로 오면 진실을 알려 주지. 왜 같은 날이 반복되는지, 그리고 이전의 일이 왜 떠오르지 않는지 말이야.]

"정말로?"

[물론이지. 더불어서 여자 친구와도 만날 수 있을 거야.]

"갈게, 기다려."

[시간이 별로 없어. 서두르라고.]

통화를 끝낸 장현우는 창가로 가서 매트리스를 젖혔다. 비가 내리는 중이었고, 바깥세상은 아수라장이었다. 이런 상황에서 비와 좀비들을 물리치고 여자 친구의 집까지 가는 것이 불가능하다는 건 지금까지의 경험으로 충분히 알 수 있었다. 하지만 그것보다는 계속 반복되는 하루 이전의 일들을 알려 주겠다는 제안이 더 매혹적이었다.

"비옷이 어디 있더라."

어떻게 비를 막을지 고민하면서 돌아서던 장현우는 깜짝 놀라고 말았다.

"으악!"

눈앞에 붉은 후드를 쓴 그녀가 서 있었기 때문이었다. 뒤로 물러나다가 세워 둔 매트리스를 등지게 된 그가 물었다.

"대체 어떻게 들어온 거야?"

"여길 공간이라고 생각해?"

알쏭달쏭한 말을 한 그녀가 방 안을 돌아봤다. 한 손에는 뭔가를 들고 있었지만 딱히 위협적으로 보이지는 않았다. 장현우는 그런 그녀의 곁을 스쳐 지나가서 비옷을 찾기 위해 옷장 문을 열었다. 그때 붉은 후드를 입은 그녀가 단호하게 말했다.

"함정이야."

"어차피 여기 전체가 함정 같은걸? 죽을 때 죽더라도 궁금증이나 풀렸으면 좋겠어."

"어떤 궁금증?"

"내가 누구고, 왜 같은 날이 매일 반복되는지."

"그게 그들의 목적이야."

"목적? 나를 미치게 만드는 게 목적이라고?"

"애초에는 너는 기억이 있었어. IT 회사에 다니고 있고, 부모님이 일찍 돌아가셔서 할아버지와 할머니 손에서 컸다는 거, 하루빨리 가정을 이루고 싶어서 오늘 여자 친구에게 청혼할 계획이라는 것 말이야. 기억나?"

예리한 그녀의 말에 장현우는 혼란을 느꼈다.

"그게 내 과거라고?"

"물론이지, 그들이 심어 놓은 과거. 그런데 재생을 거듭할수록 너의 힘이 강해지면서 그런 굴레를 벗어나는 거지."

장현우는 잠깐 생각하다가 고개를 저었다.

"네 얘기도 못 믿겠어."

"이해해, 혼란스럽다는 거."

"그럼 내가 지금 매일 같은 하루를 반복하고 좀비에게 당하는 건 뭐지? 실험? 테스트? 악몽? 그게 아니면 게임 같은 건가?"

"과정."

장현우는 그녀의 말에 고개를 절레절레 저었다.

"모호하군. 지금 내가 겪고 있는 상황 같아. 더 힌트를 주지 않을 거면 비켜 줄래? 그나마 내가 왜 여기 있는지 알려 주겠다는 놈이랑 만나러 가야 하거든."

"그는 아무 말도 해 주지 않을 거야."

"그럼 멱살을 잡고 흔들어서 대답을 들어 볼게. 이제 진짜로 좀 비켜 줄래?"

옷장에서 비옷을 꺼내던 장현우의 말에 붉은 후드를 입은 그녀가 고개를 끄덕거렸다. 모호하면서도 우주가 담긴 것 같은 그녀의 눈을 본 장현우가 물었다.

"뭔가 알고 있군. 속 시원하게 얘기해 줄 수 있어?"

장현우의 말을 들은 붉은 후드를 입은 여인이 고개를 저었다. 그녀의 대답에 장현우는 손에 든 비옷을 바닥에 내동댕이쳤다.

"빌어먹을, 뭐가 뭔지 알아야 받아들이든지 말든지 할 거 아니야. 자다가 일어났는데 같은 날이 반복되고, 좀비가 나타나서 세상은 엉망이 되어 버렸잖아. 나보고 대체 어떡하란 얘기야!"

폭발해 버린 장현우를 본 그녀의 표정이 가라앉았다. 장현우는 그 옆에 서서 비옷을 뒤집어썼다. 그리고 테이프와 고글을 찾으려고 하자 그녀가 말했다.

"그럴 필요 없어."

"뭐가?"

"비를 무서워할 필요 없다고."

붉은 후드를 입은 그녀가 창가로 다가가서 매트리스를 걷어냈다. 그리고 오른손을 들자 손에서 푸른빛이 일렁거렸다. 그 손으로 장현우를 가리키자 푸른빛이 날아왔다. 누군가 손으로 가볍게 밀친 것 같은 느낌에 뒤로 한 발자국 밀려난 장현우가 움찔했다. 그러자 붉은 후드를 입은 그녀가 말했다.

"이제 비를 맞아도 좀비로 변하지는 않을 거야. 거기다 억제되었던 능력치의 일부도 해제되었으니까 그대로 나가도 돼."

그녀의 얘기를 들은 장현우는 자신의 몸을 살펴봤다. 헐크처럼 근육이 튀어나오거나 스파이더맨처럼 거미줄이 나갈 것 같지는 않았다. 하지만 가볍게 팔을 휘둘러 보다가 깜짝 놀랐다.

"가볍네."

마치 중력이 절반으로 줄어든 것처럼 몸이 가벼웠다. 반응 속도도 훨씬 빨라졌다.

"어떻게 된 거지?"

장현우가 몸을 이리저리 움직여 보면서 중얼거리자 붉은 후드를 입은 그녀가 말했다.

"얘기했잖아, 재생이 거듭될수록 능력치가 나타난다고."

"그럼 이건 과정이란 얘기야?"

붉은 후드를 입은 여인은 대답 대신 손에 들고 있던 걸 건넸다. 검정색 방독면이었다.

"비를 맞는다고 좀비가 되진 않겠지만 조심하는 게 좋으니까."

건네받은 방독면을 이리저리 살피던 장현우가 다시 물었다.

"대답을 안 했어."

"들을 준비가 되어 있으면 해 줄게."

그러면서 그녀는 한 걸음 옆으로 비켜서서 나갈 수 있는 길을 터 줬다. 장현우는 방독면을 머리에 쓴 채 문을 열었다. 문 앞에는 옆집 아저씨가 회백색 눈을 한 채 서 있었다. 장현우는 아저씨가 뻗은 두 팔을 잡고 방독면을 쓴 머리로 박치기를 했다. 퍽 하는 소리와 함께 좀비로 변한 옆집 아저씨가 바닥에 쓰러졌다. 그리고 일어나려는 아저씨의 머리를 발로 밟았다. 퍼석 하는 소리가 나면서 머리가 순두부처럼 으깨졌다. 피와 뇌수, 그리고 뼈가 사방으로 튀었지만 장현우는 신발이 지저분해지는 것만 걱정했다.

계단을 내려가자 유리문 밖으로 좀비들이 어슬렁거리는 게 보였다. 장현우는 뭔가 무기가 될 만한 걸 찾기 위해 주변을 두리번거렸다. 물론 힘이 세지고 몸이 날렵해지긴 했지만 하나쯤은 있는 게 도움이 될 거 같았다. 현관 유리문의 알루미늄 손잡이가 눈에 들어왔다. 그 손잡이를 뽑아내기 위해서는 유리문을 부수는 수밖에는 없었지만 어쩐지 가능할 거 같았다.

"한번 해 볼까?"

심호흡을 한 장현우는 발을 들어서 그대로 유리문을 걷어찼다. 유리문이 와장창 깨지면서 파편들이 비처럼 떨어졌다. 주변을 돌아보며 으르렁거리던 좀비들이 그 소리를 듣고 일제히 고개를 돌렸다. 떨어진 알루미늄 손잡이를 집은 장현우가 마치 야구 선수 같은 포즈를 취했다. 회백색의 눈동자들을 본 장현우는 계속 반복되는 일상 속에서 그들에게 쫓기다가 결국 물려 버린 일들이 떠오르면서 분노가 확 치솟았다.

"다 덤벼!"

장현우가 호기롭게 외치자 좀비들이 짐승처럼 이빨을 드러내며 덤벼들었다. 장현우는 제일 먼저 다가온 반바지 차림의 청년 좀비를 향해 풀 스윙을 했다. 퍽 하는 소리와 함께 얼굴이 찌그러진 청년 좀비가 비틀거리며 옆으로 쓰러졌다. 한 바퀴 빙글 돈 장현우는 탄력을 이용해서 다시 알루미늄 손잡이를 휘둘렀다. 다가오던 좀비들 몇이 거기에 얻어맞고 쓰러졌다.

주변을 한차례 정리한 장현우는 알루미늄 손잡이를 짧게 잡고 다가오는 좀비들을 후려쳤다. 없애기에는 시간이 너무 없어서 일단 지나갈 수 있도록 처리할 생각이었다. 평소 체력이라면 두세 번 휘두르면 힘에 부쳤을 텐데 몇 번을 휘둘렀는데도 숨소리조차 거칠어지지 않았다. 주변의 좀비들을 다 때려눕힌 장현우는 다세대 빌라 입구를 벗어났다. 사람들을 좀비로 만들어 버린

비는 좀 전에 그쳤는지 바닥이 젖어 있는 게 보였다. 주변에 남아 있던 좀비들이 손을 뻗었지만 장현우가 한 발 더 빨랐다.

"어림없지!"

순식간에 좀비들을 따돌리는 데 성공한 장현우는 주변을 돌아봤다. 큰길로 이어지는 내리막길이 보였다. 그리고 자전거를 타고 갈 때 사용한 골목길도 보였다. 가장 빨리 가는 건 버스 정류장이 있는 큰길이었다. 하지만 아무리 힘이 세지고 빨라졌다고 해도 좀비들이 너무 많을 것 같았다. 골목길 역시 너무 좁아서 중간에 막힐 수 있었다. 고민하던 장현우가 중얼거렸다.

"일단 내리막길까지 가 보자."

다세대 빌라들이 줄지어 있는 이면 도로 쪽 역시 좀비들이 서성거렸다. 출근 중에 비를 맞거나 물려서 변해 버린 양복 차림의 좀비가 가죽으로 된 서류 가방을 옆구리에 낀 채 빙빙 돌다가 장현우의 발자국 소리를 듣고 고개를 돌렸다. 서류 가방을 내동댕이친 좀비가 이빨을 드러낸 채 덤벼들었다. 장현우 역시 좀비들의 피와 뇌수로 끈적거리는 알루미늄 손잡이를 창처럼 움켜쥐고 달려들었다. 양복 좀비의 아랫배를 푹 찌른 장현우는 두 팔에 힘을 주고 들어 올렸다. 그러자 양복 좀비가 번쩍 들렸는데, 그러고도 두 팔을 휘두르면서 장현우를 붙잡으려고 했다.

"이얏!"

장현우는 두 팔에 힘을 주고 던져 버렸다. 멀리서 다가오던 좀비들이 허우적거리며 날아온 양복 좀비에게 깔렸다. 하지만 끈적거리던 알루미늄 손잡이도 같이 놓치고 말았다. 하필이면 떨어진 곳으로 좀비들이 달려오는 중이었다.

"젠장."

빈손이 된 장현우는 일단 달려가서 제일 앞에 있는 좀비를 발로 걷어찼다. 그런데 각도가 요상하게 틀어지면서 장현우의 몸이 허공에 떴다.

"어?"

슈퍼맨처럼 자유자재로 나는 정도는 아니었지만 반동 때문인지 몸이 꽤 높이 올라갔다. 그러다가 사뿐하게 내려앉았다. 마치 중력이 절반쯤 줄어든 것 같은 느낌에 장현우는 자신의 몸을 살펴봤다.

"가뿐해졌어."

다시 크르릉거리는 소리가 들려왔다. 장현우는 달려드는 좀비들을 향해 뛰어갔다. 그리고 훌쩍 몸을 날려서 그들의 머리 위로 올라가 좀비들의 머리와 어깨를 밟고 지나갔다. 머리를 밟힌 좀비들이 뒤늦게 뻗은 손이 허공을 긁었다.

한 무리의 좀비들을 그렇게 밟고 지나간 장현우는 큰길 바로 앞까지 도착했다. 하지만 앞에는 좀비들 몇이 더 있었다. 무기가 될 만한 것을 찾던 그의 눈에 길가의 화분들이 들어왔다. 집주인이 꽃을 좋아했는지 여러 가지 꽃들이 심어져 있었다. 좀 미안하긴 했지만 일단 위기를 넘기고 봐야만 했다. 화분을 든 장현우는 마치 투수처럼 폼을 잡고 던졌다. 무시무시한 속도로 날아간 화분은 달려오던 중년 남자 좀비의 얼굴에 정통으로 명중했다. 흙과 화분의 파편 사이로 깨진 얼굴 조각이 섞여서 날아갔다.

"스트라이크!"

장현우는 다른 화분을 집어 들고 연거푸 날렸다. 처음보다는 힘이 덜 실렸지만 좀비들을 쓰러뜨리기에는 충분했다. 마지막 화분은 볼링공처럼 굴려서 달려오는 좀비들을 넘어지게 만들었다. 그러고도 남은 좀비들은 달려가면서 발로 걷어찼다. 훅 날아간 좀비가 기둥에 부딪힌 다음 축 늘어진 채 쓰러졌다. 옆에서 덤벼든 원피스 차림의 여성 좀비는 장현우의 옆차기에 허리가 반으로 접혀 버렸다.

장현우는 신나게 좀비들을 두들겨 패고 발길질을 하면서 내리막길까지 도달했다. 이제 선택을 해야만 했다. 두 길 다 마땅찮다는 생각에 장현우는 위쪽을 올려다봤다. 역시 다세대 빌라들이 있었지만 창가에 난간들이 있어서 밟고 올라갈 수 있을 것 같았다. 뒤따라오는 좀비들을 힐끔 본 장현우는 길가의 전봇대를 밟고 뛰어올랐다. 2층의 난간을 한 번 밟고 몸을 솟구쳐서 4층의 베란다를 손으로 잡았다. 그리고 가볍게 힘을 줘서 베란다를 밟고 옥탑으로 올라가는 데 성공했다. 녹색 방수 페인트가 칠해진 옥상에는 뜻밖에도 반바지에 늘어진 러닝셔츠를 입은 아저씨 좀비가 하나 서성거리고 있었다.

“뭐야?”

한 손에 비에 젖은 담뱃갑이 쥐어져 있는 걸 본 장현우는 대충 상황을 알아차렸다.

“아이고, 담배 피우러 올라왔군.”

가족들을 위해 옥상으로 담배를 피우러 올라왔다가 비를 맞고 좀비로 변해 버린 것이다. 짠한 마음이 들긴 했지만 상대방이 덤벼들자 장현우는 그대로 발길질을 했다. 붕 날아가 버린 아저씨 좀비는 아래로 떨어졌다. 산산조각 나는 소리를 들은 장현우는 마음이 편치 않았다.

“그래도 좀비로 사는 것보다는 낫겠지.”

여자 친구가 사는 집 방향을 바라보던 장현우는 몇 걸음 뒤로 물러났다가 훌쩍 뛰었다. 입고 있던 우비가 파르륵거리는 소리를 냈다. 골목길 건너편에 있는 같은 층의 다세대 빌라였는데, 어렵지 않게 넘어갔다. 다행히 그곳에는 좀비가 없었다. 심호흡을 한 장현우는 다음 빌라로 넘어갔다. 그런 방식으로 시장까지는 순조롭게 도착했지만 그 이후 문제가 하나 생겼다. 시장 주변의 건물들은 네일 숍이 있는 곳을 비롯해서 모두 단층이나 2층 정도 높이였다. 여자 친구가 있는 골목길 쪽은 또 다세대 빌라들이 모여 있어서 다시 내려갔다가 올라가야만 했다. 그런데 시장 쪽은 사람들이 적지 않게 모여 있었다.

거추장스러운 우비를 벗어 버린 장현우는 눈으로 거리를 가늠한 다음 훌쩍 뛰었다. 전깃줄을 스쳐 지나가서 네일 숍이 있는 2층 건물 지붕에 떨어졌다. 높이가 있어서 무릎과 발에 제법 충격이 있었다. 하지만 평소라면 어림도 없는 높이에서 뛰어내렸음에도 불구하고 약간 아픈 걸 제외하고는 멀쩡했다. 다만, 눈앞이 잠깐 흐려졌다.

"뭐지?"

다행히 도로 정상으로 돌아와서 앞이 잘 보였다. 장현우는 눈을 깜빡거리며 가장자리로 가서 아래쪽을 바라봤다. 지난번처럼 골목길에는 좀비들이 가득했다. 거기다 옆쪽이 다세대 빌라의 필로티라 갑자기 튀어나올 수도 있었다. 장현우는 눈으로 건

물들을 살폈다. 여자 친구의 집이 있는 쪽 골목길로는 낡은 양옥이 두 채 있고, 그 뒤로는 다세대 빌라였다. 붉은 기와가 있는 경사진 지붕을 본 장현우는 가볍게 뛰었다. 하지만 기와지붕은 그가 발을 대자마자 우수수 무너져 내리고 말았다.

"으악!"

그대로 지붕을 뚫고 아래로 떨어진 장현우는 바닥에 부딪히면서 옆으로 굴렀다. 부서진 기와 조각과 나무 조각들이 시멘트 가루와 함께 머리 위로 우수수 쏟아졌다. 겨우 정신을 차리고 주변을 돌아보니 거실이었다. 굉장히 오래된 가구들이 많았는데, 한쪽 벽에는 벽시계가 있었고 소파도 오래된 가죽 소파였다. 한쪽에는 사방탁자 비슷한 고가구가 있고, 도자기를 비롯한 골동품들이 보였다. 나이 든 주인의 취향을 그대로 탄 것 같았다.

그때 거실 한쪽의 계단에서 쿵쿵거리는 소리가 들렸다. 앞치마를 두른 아줌마 좀비였는데, 손에 고무장갑을 끼고 있었고 온몸이 피투성이였다. 집 안에 있다가 가족이나 다른 사람이 변한 좀비에게 물린 모양이었다. 기세 좋게 올라와서 주변을 두리번거리던 아줌마 좀비는 먼지를 뒤집어쓴 채 서 있는 장현우를 발견하고는 괴성과 함께 덤벼들었다.

장현우는 주변을 살피다 옆에 있던 벽시계를 뽑아서 머리를 내리쳤다. 스프링이 튀는 경쾌한 소리와 함께 아줌마 좀비는 그대로 주저앉았다. 장현우는 아줌마 좀비를 통째로 들어서 옆에 있는 베란다로 내던졌다. 난간까지 굴러간 아줌마 좀비는 다시 비틀거리며 일어났다. 베란다 밖으로 나온 장현우는 힘없이 다가오는 아줌마 좀비를 발로 걷어찼다. 대문을 지나 골목 바깥으로 떨어진 아줌마 좀비는 더 이상 움직이지 않았다.

한숨 돌린 장현우는 베란다로 나와서 옆 건물을 바라봤다. 비슷하게 생긴 집이라 지붕으로 올라가면 또 부서질 거 같았다. 나란히 붙은 베란다로 건너가기로 하고 난간을 딛고 훌쩍 뛰었다. 앞서 내린 비 때문에 미끄러운 탓에 살짝 균형을 잃었지만 어쨌든 무사히 건너올 수 있었다.

"문제는 지금부터네."

여자 친구의 집으로 가기 위해서는 까마득하게 높은 다세대 빌라로 다시 올라가야만 했다. 특히 앞에 있는 다세대 빌라는 다른 빌라보다 2층 정도 높았다. 난간이나 베란다가 있으면 좋았겠지만 안타깝게도 그가 서 있는 방향으로는 아르코 빌라라는 이름이 적힌 벽밖에 없었다. 딱 하나 잡고 올라갈 만한 건 가스 파이프 같은 것이었다. 네 줄씩 나란히 올라갔는데 옆으로 직각으로 꺾어지는 부분이 있어서 밟고 올라갈 수 있을 것 같았다.

다시 숨을 고른 장현우는 몇 걸음 뒤로 물러났다가 아르코 빌라를 향해 몸을 날렸다.

"으아악!"

벽에 붙은 가스 파이프의 꺾어진 부분을 밟고 위로 올라갔다. 몸이 날렵해졌다고 해도 쉬운 일은 아니었다. 마지막에는 힘이 부족한 바람에 난간에 겨우 손을 댈 수 있었다. 장현우가 아래를 내려다보자 까마득한 저 밑에 좀비들이 보였다.

"이 정도 높이에서 떨어지면 멀쩡할 것 같지는 않은데?"

장현우는 차츰 힘이 빠져 가는 팔에 마지막 힘을 주고 몸을 위로 날렸다. 높이뛰기 허들을 넘어갈 때처럼 몸을 옆으로 눕혀서 간신히 난간을 넘어갔다. 바닥에 떨어진 장현우는 앞으로 데굴데굴 굴러갔다. 처음과는 달리 몸이 무거워지고, 팔과 다리에도 힘이 떨어지는 게 느껴졌다.

"영원히 힘을 쓸 수 있는 건 아니었구나."

다음 건물이 보이는 난간으로 다가갔다. 아까처럼 뛰어서 넘어갈 수 있을 것 같았지만 지금은 살짝 자신이 없었다. 하지만 아래층으로 내려가서 길거리의 좀비들과 싸우면서 여자 친구의 원룸으로 가는 것도 위험해 보였다. 거기다 여자 친구를 납치했다고 하는 정체불명의 인물과 만났을 때 어떤 일이 벌어질지 모르기 때문에 되도록 체력을 아껴야만 했다. 도움이 될 만한 걸 찾기 위해 이리저리 돌아보던 그의 눈에 아래층 계단 입구 옆에 서 있는 접이식 사다리가 보였다.

"저거라면?"

냉큼 달려가서 사다리를 들고 와서 건너편 집에 걸쳤다. 사다리는 아슬아슬하게 걸쳐졌다. 한숨 돌린 장현우는 난간 위로 올라가서 천천히 사다리 위에 발을 올렸다. 균형을 잡기 위해 두 팔을 벌린 채 앞으로 한 걸음씩 나갔다. 보지 않으려고 했지만 소리가 들려서 자연스럽게 시선이 아래로 내려갔다. 다세대 빌라 사이 공간에 잔뜩 몰려서 벌레처럼 꿈틀거리는 좀비들이 보였다.

"젠장, 빨리 건너야겠군."

서두르는 바람에 오히려 균형을 잃고 몸이 좌우로 흔들렸다. 겨우 균형을 잡고 앞으로 가는데 뜻밖의 상황이 벌어졌다. 건너가야 할 다세대 빌라의 옥탑방 문을 열고 추리닝 차림의 청년 좀비가 나타난 것이다. 마치 냄새를 맡는 것처럼 킁킁거리며 다니던 추리닝 좀비가 사다리 위에 있는 장현우를 바라봤다.

장현우는 제발 못 보라고 속으로 중얼거렸지만 기대를 저버린 추리닝 좀비는 괴성과 함께 덤벼들었다. 동시에 장현우도 최대한 빨리 앞으로 달려갔다. 그러다가 사다리가 흔들리면서 아래로 떨어지는 걸 보며 허공에 몸을 날렸다. 거의 동시에 추리닝 좀비가 난간에 도달해서 두 팔을 휘둘렀다. 그 위로 살짝 지나친 장현우는 추리닝 좀비의 어깨를 밟고 바닥에 내려섰다.

어깨를 밟힌 추리닝 좀비는 균형을 잃고 허우적거렸다. 그걸 본 장현우는 등을 힘껏 걷어찼다. 짐승 같은 비명 소리를 낸 추리닝 좀비는 그대로 난간 아래로 떨어졌다. 장현우가 고개를 내밀어 아래를 바라보자 아래 모인 좀비들의 머리 위로 사다리와 좀비가 떨어지는 게 보였다. 사다리는 둔탁한 소리와 함께 몇몇 좀비들의 머리를 박살 냈다. 그리고 그 위로 추리닝 좀비가 떨어져서 산산조각 났다.

한숨 돌린 장현우는 그다음 건물을 살펴봤다. 다행히 쌍둥이처럼 붙어 있어서 가볍게 뛰어넘을 수 있었다. 훌쩍 넘어간 장현우는 곧장 여자 친구의 원룸이 있는 다음 건물 쪽으로 빠르게 걸어갔다. 거리가 좀 떨어져 있긴 했지만 창문과 작은 테라스가 있어서 붙잡고 갈 수 있을 것 같았다. 여자 친구의 원룸이 3층이기 때문에 아래로 내려가야만 했다.

"난간을 잡고 내려가면 되겠군."

숨을 고른 장현우는 난간에 서서 앞에 있는 빌라의 테라스를 향해 뛰었다. 하지만 테라스는 장현우가 뛰어내린 충격을 견디지 못하고 요란한 소리와 함께 찌그러졌다.

"으악!"

간신히 균형을 잡은 장현우는 난간을 잡고 아래층 테라스로 내려갔다. 살짝 내려가서 그런지 다행히 부서지지는 않았다. 그런 식으로 3층까지 내려간 장현우는 쇠창살 안쪽의 유리문을 살폈다. 하지만 커튼을 쳐 놓은 탓에 안쪽을 엿볼 수 없었다.

"어떡하지?"

잠깐 생각해 봤지만 다른 방법이 없었다. 장현우는 일단 쇠창살을 뜯어냈다. 그리고 들어갈 만큼의 공간이 생기자 그녀가 창문 앞에 서 있지 않기를 바라면서 발로 창틀을 걷어찼다. 와장창 하는 소리와 함께 창틀째 안으로 밀려났다.

그녀가 사는 원룸은 몇 번 와 봤기 때문에 내부 구조는 어느 정도 익숙했다. 왼쪽에는 그녀가 일을 할 때 쓰는 컴퓨터가 있는 책상이 있고, 오른쪽에는 한 사람이 겨우 누울 정도의 침대가 모서리에 딱 붙어 있었다. 침대의 발치 부분에 현관문이 있었고, 그 앞에는 작은 싱크대와 화장실이 있었다. 두 사람이 나란히 침대에 걸터앉으면 빈 공간이 나오지 않았다. 그래서 그녀는 종종 근처 카페로 가서 작업을 하곤 했다. 장현우는 혹시나 그녀에게 유리 파편이 튀었을까 봐 걱정하면서 안으로 몸을 날렸다.

"주현아!"

그녀는 어디에도 없었다. 미니 마우스가 그려진 이불이 반쯤 돌돌 말려 있는 침대에도 없었고, 허리가 아프다며 새로 산 의자도 비어 있었다. 현관문도 굳게 닫혀 있는 게 눈에 들어왔다. 주현이를 감금하고 있다는 정체불명의 납치범 역시 흔적도 안 보였다.

"뭐가 어떻게 돌아가는 거야?"

천신만고 끝에 찾아왔지만 아무도 없다는 사실에 화가 난 장현우는 씩씩거리며 원룸 안을 돌아봤다. 그때 화장실 쪽에서 자그마한 소리가 들렸다. 사람이 내는 말소리 같기도 하고, 뭔가 살짝 부딪치는 소리 같기도 했다. 장현우는 바짝 긴장한 채 몸을 낮췄다. 그리고 바닥에 깔린 유리 파편을 피해 조심스럽게 다가갔다.

작은 리본이 붙어 있는 베이지색 나무문 앞에 선 장현우는 조심스럽게 문고리를 돌렸다. 그리고 안에서 뭐가 튀어나오는 것에 대비해서 다른 한 손을 뒤로 뺀 채 주먹을 꽉 움켜쥐었다. 경첩에서 나는 삐걱거리는 소리가 유독 크게 들리는 가운데 천천히 화장실 안의 모습이 보였다. 화장실의 양변기 위에 주현이가 축 늘어진 채 앉아 있었다. 놀란 장현우가 외쳤다.

“주현아! 괜찮아?”

안으로 들어가려는 순간, 엄청난 힘이 화장실 안쪽에서 문짝을 걷어찼다.

“으악!”

장현우는 뜯겨져서 넘어지는 문짝과 함께 뒤로 넘어졌다. 바닥에 깔린 유리 조각이 등과 어깨를 찔러 댔다. 문짝을 옆으로 던져 버리는데 발이 머리로 떨어지는 게 보였다.

“이크!”

몸을 옆으로 구르자 발이 머리가 있던 곳을 정확히 내리찍었다. 침대 쪽으로 굴러가서 몸을 일으킨 장현우는 주먹 쥔 두 손을 치켜들었다. 그제야 비로소 상대방을 본 그는 깜짝 놀라고 말았다.

“너는?”

상대방은 장현우가 멍하게 서 있는 틈에 다가와서 펀치를 날렸다. 첫 번째는 창가 쪽으로 움직이면서 피했지만 두 번째 펀치는 피하지 못했다. 턱에 정확히 얻어맞은 장현우는 붕 떠서 깨진 창문 밖으로 튕겨 나갔다. 옆에 있는 빌라의 모서리에 부딪힌 후 바닥으로 떨어졌다. 다행히 길가에 서 있던 SUV의 지붕에 떨어지면서 충격이 덜했다.

주변에 있던 좀비들이 소리를 듣고 몸을 돌려서 다가왔지만 다행히 SUV의 차고가 높아서 올라오지 못했다. 보통 사람이었다면 죽어도 여러 번 죽었을 충격이었지만 그나마 욱신거리고 피가 흐르는 정도에 그쳤다. 찌그러진 SUV의 지붕 위에서 몸을 일으킨 장현우는 자신이 떨어진 창문 쪽을 올려다봤다. 창가에 모습을 드러낸 상대방은 여유롭게 밖으로 나와 그가 있는 곳으로 뛰어내렸다.

주변에 좀비들이 몰려 있는 걸 본 장현우는 옆에 주차된 검정색 승용차 지붕으로 뛰었다. 그리고 상대방이 SUV에 뛰어내리자 다시 몸을 돌려서 주차된 차들의 지붕으로 몸을 날렸다. 그러다가 네일 숍이 있는 곳까지 피했는데 아까는 보지 못한 마을버스가 길을 가로막고 있었다. 버스 안에서는 한 무리의 좀비들이 사람들을 물어뜯고 있는 중이었다. 누군가 비에 맞거나 좀비에게 물린 채 마을버스를 탄 것 같았다. 문을 열지 못하면서 마을버스 안은 작은 지옥으로 변해 있었다. 하얗게 칠해진 마을버스 지붕에 내려앉은 장현우는 운전석 쪽 지붕으로 옮겨 가면서 상대방을 노려봤다.

"너 누구야?"

장현우와 똑같이 생긴 양복 차림의 상대방이 씩 웃으며 넥타이를 느슨하게 풀었다.

“또 다른 너지.”

“말장난하지 말고!”

“사실 진짜는 나야, 너는 허상이고.”

징그럽게 웃는 상대방을 보며 장현우는 몸을 낮춘 채 싸울 준비를 했다. 그런 장현우를 본 상대방이 손가락을 까닥거렸다.

“넌 나한테 안 돼.”

그 말을 듣고 더 화가 난 장현우가 상대방에게 덤볐다. 마을버스 안에서는 좀비와 인간들이 다투고 있었고, 지붕에서는 장현우와 또 다른 장현우가 맞서 싸우는 중이었다. 빠른 속도로 다가간 장현우는 상대방에게 주먹을 뻗었다. 그가 느끼기에 엄청 빨랐지만 상대방은 더 빨랐다. 몸을 옆으로 흘려서 장현우의 주먹을 피한 상대방이 장현우의 옆구리를 파고들어서 짧게 끊어 쳤다.

“헉!”

순간적으로 숨이 막힌 장현우는 옆구리를 부여잡은 채 뒷걸음질로 물러났다. 양복 차림의 상대방이 여유롭게 웃으며 다가왔다.

“넌 어떻게 해도 나를 이길 수 없어.”

“왜?”

"내가 너니까."

알 수 없는 얘기를 한 상대방이 징그럽게 웃었다. 그걸 본 장현우는 아랫입술을 질끈 깨물었다. 모든 게 지겹고 두려웠다. 매일 일상이 반복되고, 좀비가 나타나서 파괴되는 삶이 끝없이 이어졌기 때문이었다. 피가 스며 나올 정도로 아랫입술을 질끈 깨문 장현우가 소리쳤다.

"여기가 무슨 지옥이야!"

이번에는 신중하게 몸을 바짝 낮춘 채 접근해서 옆으로 주먹을 날렸다. 일단 이 녀석을 제압하고 여자 친구를 구해야만 했다. 하지만 이번에도 상대방은 허공으로 날아오르는 것으로 장현우의 공격을 피했다. 장현우의 뒤로 사뿐하게 내린 상대방은 발차기로 그의 머리를 노렸다. 간신히 머리를 숙여서 피한 장현우는 옆으로 돌아서 위치를 바꿨다. 그리고 한 손을 땅에 짚고 두 발로 연달아 차는 공격을 했다. 한 대는 옆구리에 맞혔지만 상대방은 나머지는 모두 피하거나 어깨로 받아 내며 여유롭게 뒤로 물러났다.

다시 대치 상태가 이어졌다. 둘이 싸우는 소리를 들은 좀비들이 마을버스 주변으로 몰려들었다. 넘어오지는 못했지만 거세게 밀면서 버스가 출렁거렸다. 가볍게 균형을 잡은 상대방이 장현우를 바라봤다.

“견딜 만해?”

“뭐가? 매일 일상이 반복되는 거? 아니면 좀비들이 나타나는 거?”

“포기해, 그럼 다른 세상이 열릴 테니까.”

“지금보다는 나은 세상인가?”

“받아들이기에 따라서는.”

재미있다는 표정을 지으며 환하게 웃는 상대방을 보던 장현우는 다시 눈앞이 흐려지는 걸 느꼈다. 눈을 깜빡거리며 머리를 흔들자 그걸 본 상대방이 말했다.

“이제 슬슬 징조가 오는군.”

“닥쳐!”

장현우는 이죽거리는 상대방을 향해 덤볐다. 이번에는 신중하게 다가가서 짧게 주먹을 휘둘렀다. 한 번도 복싱이나 격투기를 배운 기억은 없지만 상당히 예리하게 주먹이 나갔다. 그걸 본 상대방이 몇 발자국 뒤로 물러났다.

“이런, 기술이 죽지 않았군.”

점점 알 수 없는 얘기를 하는 상대방과 미쳐 돌아가는 현실에 짜증이 난 장현우가 다시 고함을 지르며 덤벼들었다. 크게 주먹을 휘두르며 밀고 들어갔다가 옆으로 빠지는 걸 예상하고 발로 허리를 노렸다. 하지만 주먹을 어깨로 흘려 버린 상대방은 발차기까지 예상했는지 한쪽 다리를 들어서 막고는 반격을 했다. 머리로 예리하게 쏟아지는 주먹을 막기 위해 두 팔로 감싼 채 버티던 장현우는 니 킥으로 상대방의 복부를 노렸다. 하지만 두 팔로 장현우의 무릎을 막은 상대방은 오히려 머리를 붙잡고 조르기를 시도했다. 장현우는 그런 상대방의 허리를 잡고 번쩍 들어 올려서 뒤로 내리꽂았다.

"이얏!"

두 사람의 무게와 충격에 못 이긴 버스 지붕이 무너지면서 둘은 아래로 떨어졌다. 벌떡 일어난 장현우는 오른쪽에서 덤벼드는 아저씨 좀비를 발로 찼다. 유리창을 뚫고 나간 아저씨 좀비가 자취를 감춰 버렸다. 연이어 뒤에서 덤벼드는 운전기사 좀비의 팔을 꺾은 다음에 머리를 옆구리에 끼고 그대로 부러뜨렸다. 우드득 하는 소리와 함께 목뼈가 부러진 운전기사 좀비가 잠시 발버둥을 치다가 축 늘어졌다. 한숨을 돌린 장현우가 다른 좀비들을 먼저 처리하려고 하자 상대방이 한 손을 가볍게 들었다. 그러자 놀랍게도 방금 전까지 죽일 듯이 덤벼들던 좀비들이 약속이나 한 듯 그대로 멈췄다.

"뭐야?"

그뿐만이 아니었다. 상대방이 가볍게 든 손을 털듯이 흔들자 좀비들이 가까이 있던 기둥이나 유리창에 머리를 들이받고 그대로 쓰러져 버렸다. 예상치 못한 상황에 어리둥절한 장현우에게 상대방이 말했다.

"거추장스러운 건 딱 질색이라서 말이야."

징그럽게 웃은 상대방이 주먹을 훅 치고 들어왔다. 장현우는 황급히 팔로 막았지만 부러질 것 같은 충격을 느꼈다. 정신 못 차리는 사이에 상대방이 허벅지를 걷어찼다.

"으윽!"

예상 밖의 충격에 뒤로 물러났지만 다리가 말을 듣지 않았다. 그 와중에 날아온 주먹은 간신히 피했는데 버스의 기둥 손잡이가 크게 휘어졌다. 장현우가 버스 운전석 쪽으로 물러나면서 힐끔 뒤를 보니 좀비들이 피 묻은 이빨로 앞 유리창을 긁어 대는 중이었다. 이 상태로 밖으로 밀려나면 끝장 날 거 같았다.

장현우는 다시 숨을 고르고 상대방을 바라봤다. 어떻게 돌아가는지 모를 이 상황을 조금이라도 파악하기 위해서는 일단 눈앞의 나를 쓰러뜨려야만 했다. 돌파구를 찾기 위해서 싸워야 한다는 사실에 더욱더 긴장한 장현우가 조심스럽게 다가갔다. 팔을 들어 올린 채 방어 자세를 취하는 그를 본 상대방도 가볍게 스텝을 밟으면서 접근했다. 버스 중간에서 만난 그들은 서로 짧게 주먹으로 치고받았다.

아까보다는 적응을 한 장현우는 빠르게 몸을 움직이면서 상대방의 펀치를 피했다. 그리고 중간중간 몸통과 옆구리를 노린 주먹을 뻗었다. 그중 몇 개는 직접 꽂히기는 했지만 큰 충격을 주지는 못했다. 반면 장현우는 상대방의 펀치를 맞을 때마다 충격을 받았다. 뼈가 부러질 것 같은 아픔과 아까 가격당한 허벅지의 통증까지 더해지면서 장현우는 뒤로 밀려나고 말았다. 그런 장현우를 본 상대방이 멈춰 서서 다가오라는 손짓을 하며 도발했다.

"좀 더 힘을 내 봐, 영웅."

"그건 또 무슨 헛소리야."

"너는 영웅이었잖아. 어떤 상황에서도 포기하지 않았던 영웅. 이번에도 포기하지 말라고."

계속 조롱하는 듯한 말에 장현우는 이를 악물었다. 다시 힘을 모으고 상대방에게 다가갔다. 이번에는 가까이 붙어서 싸우는 대신 발을 써 보기로 했다. 충분한 거리를 두고 발차기를 했다. 하지만 이번에도 상대방은 여유롭게 피했다. 그래도 끝까지 밀어붙이면 타격을 줄 수 있을 것이라는 계산에 장현우는 계속 발차기를 하면서 앞으로 나갔다. 예상대로 제일 뒷좌석까지 몰아가는 데 성공한 그가 마지막 일격을 가하려는 순간, 상대방이 미묘하게 웃었다.

"뭐지?"

장현우의 발차기를 피한 상대방이 한쪽 손을 들어 올렸다. 그러자 버스 안에 널브러져 있던 좀비들이 벌떡 일어나더니 장현우를 향해 일제히 덤벼들었다. 예상 밖의 상황에 놀란 장현우는 그들을 떨쳐 내기 위해 몸부림을 쳤다. 하지만 좁은 마을버스 안이라 제대로 움직이지 못하면서 팔과 다리 곳곳을 물리고 말았다.

"염병할!"

주먹과 발로 하나씩 제압했지만 이미 온몸이 물려서 피투성이가 되고 말았다. 서 있기조차 힘들어진 장현우를 바라보던 상대방은 입꼬리를 끌어 올리며 웃었다. 그걸 본 장현우는 두 팔을 들어 올리며 싸울 자세를 취했다. 상대방이 차갑게 변한 얼굴로 장현우를 바라봤다.

"이제 포기할 때가 되었잖아."

"영웅은 포기하지 않는 법이지. 덤벼."

장현우가 아까 들은 말을 그대로 돌려주자 상대방은 어쩔 수 없다는 듯 어깨를 으쓱거렸다. 그리고 놀랄 만큼 빠른 발걸음으로 다가와서는 발차기를 날렸다. 장현우는 아까보다 몇 배는 빨라진 속도로 속수무책으로 걷어차이고 말았다. 그대로 날아간 그는 마을버스의 앞 유리창을 깨고 밖으로 날아갔다. 그리고 빽빽하게 모여 있던 좀비들의 머리 위로 떨어졌다. 수백 개의 손과 이빨이 장현우의 살점을 잡아 뜯었다.

"으아악!"

산 채로 온몸이 갈기갈기 찢어지는 고통에 몸부림을 치던 장현우는 그대로 의식을 잃고 말았다.

또 다른 하루, 열 번째 날

"으아악!"

악몽은 비명과 함께 사라졌다. 하지만 이제 더 이상 그것이 악몽이 아니라 반복되는 이상한 현실이라는 사실을 알고 있었다. 장현우는 침대에서 일어나면서 더는 움직이지 않기로 했다.

"아무리 해도 현실이 바뀌지 않잖아."

지칠 대로 지친 그는 숨기로 결심했다. 일단 현관문의 체인 도어를 걸어 놓은 다음 매트리스를 들어서 유리창을 막아 버렸다. 책상 위의 휴대폰도 바닥에 내동댕이쳐서 부숴 버렸다. 그리고 화장실로 가서 세면대의 수도꼭지를 돌려서 물을 틀고 구석에

쭈그리고 앉았다.

"이러면 누가 들어올 일도 없고, 여자 친구에게 연락이 올 일도 없겠지."

어떻게 되든 시간을 보내기로 했다. 초반에 집 밖으로 나가지 않으려고 했지만 여자 친구 때문에 어쩔 수 없이 움직였던 게 떠올랐다. 그 이후 붉은 후드를 입은 여인이 나타나서 이상한 얘기를 했고, 자신과 똑같이 생긴 이상한 녀석 때문에 계속 좀비가 되어 버려야만 했다.

"이것저것 다 싫어."

뭔가를 해야 한다는 게 이렇게 고통스러운 줄은 생각도 못 했다. 두 손으로 머리를 감싼 장현우는 그동안 겪었던 일들이 떠오르자 가슴이 욱신거릴 정도로 아팠다. 그때 밖에서 어떤 소리가 들렸다. 장현우는 고개를 숙인 채 울부짖었다.

"더 이상 이런 일이 반복되는 거 싫어."

하지만 소리는 계속 들렸고, 거기에 이상한 냄새까지 났다.

"설마!"

벌떡 일어난 장현우는 문을 열고 화장실을 나갔다. 창문을 막은 매트리스에서 불이 나서 천장으로 옮겨붙고 있었다.

"왜 불이 난 거지?"

이유는 알 수 없었지만 불길은 삽시간에 퍼져 나가는 중이었다. 잠깐 119를 떠올린 장현우는 쓴웃음을 지었다. 전화를 한다고 올 상황도 아니고, 휴대폰은 박살이 나서 바닥에 흩어져 있었다. 그사이에도 불길은 점점 더 커져 갔다.

"일단 밖으로 나가야겠어."

문을 열고 밖으로 나온 장현우는 복도를 두리번거렸다. 다행히 좀비가 된 옆집 아저씨는 나타나지 않았고, 복도도 조용했다. 잠깐 생각을 하던 장현우가 중얼거렸다.

"나를 밖으로 내보내려고 지른 불일 수도 있잖아."

그렇다면 밖으로 나가서는 안 되겠다는 생각에 옥상을 떠올렸다. 계단을 지나 옥상으로 올라가는 문을 열자 녹색 방수 페인트를 칠한 바닥이 보였다. 난간 쪽에 화분이 몇 개 놓여 있고, 누군가 가져다 놓은 파라솔과 플라스틱 의자가 구석에 있었다. 장현우는 일단 연기가 올라오지 않게 문을 닫고 플라스틱 의자에 가서 앉았다. 바닥을 보니 이미 비가 내린 상태였고, 거리에서 비명과 고함 소리가 들려오는 걸 보면 세상 사람들은 상당수 좀비로 변한 것 같았다.

"이제 어떡하지?"

일단 뭐든 하지 않겠다는 결정을 내리고 움직였지만, 세상은 이전처럼 좀비들로 득실거리는 상태로 변해 버린 것 같았다.

"뭐가 어떻게 돌아가는 거지?"

한숨 돌리기는 했지만 어떻게 하든 좀비에게 물려 버리는 결말은 변하지 않을 것 같아서 고통스럽고 두려웠다. 그때 옥상 문이 삐걱거리며 열렸다. 장현우가 놀라서 바라보는데 붉은 후드를 입은 그녀가 다가왔다. 이제는 놀라거나 당황하지도 않고 바라볼 수 있었다. 그런 장현우를 물끄러미 보던 그녀가 조용히 입을 열었다.

"이제 받아들일 준비가 된 거 같네."

"그래, 이게 어떻게 돌아가는 상황인지 나도 궁금해 미치겠어."

장현우의 대답을 들은 붉은 후드를 입은 여인이 옆자리에 앉았다. 그리고 한숨과 함께 뜻 모를 얘기를 했다.

"열 번째에야 받아들일 수 있을 것이라고 했는데, 사실이었네."

그러고는 두 손을 뻗어서 그의 머리를 감쌌다. 손바닥에서 하얀빛 같은 게 나오면서 머리 전체를 감싸자 장현우는 저도 모르게 움찔했다.

"뭐야, 이건?"

"진실을 알고 싶다며!"

그때, 문이 벌컥 열리면서 좀비들이 나타났다. 그중에는 러닝셔츠 차림의 옆집 아저씨도 보였다. 놀란 장현우가 일어나려고 하자 붉은 후드를 입은 그녀가 고개를 저었다.

“기다려.”

“좀비들이 나타났잖아. 도망치든지 싸워야지.”

“진실을 알아야 싸울 수 있어.”

그러고는 알 수 없는 표정을 지으며 덧붙였다.

“아니면 받아들이든지.”

파라솔 아래 앉아 있는 두 사람을 발견한 좀비들이 으르렁거리며 덤벼들었다. 하지만 붉은 후드를 입은 그녀는 꼼짝도 하지 않고 빛이 나는 손으로 장현우의 머리를 감싼 채 그대로 있었다. 그러다가 좀비들에게 끌려갔다. 놀란 장현우가 일어나려는 순간, 머리를 감싸던 빛이 주변을 둘러싼 투명한 막 같은 것으로 바뀌었다. 좀비들이 아무리 두들기고 들이받아도 마치 벽처럼 뚫리지 않았다. 좀비들에게 끌려간 붉은 후드를 입은 여인은 그야말로 처참하게 뜯기고 갈가리 찢겼다. 그걸 본 장현우가 소리쳤다.

“야! 차라리 물어서 좀비로 만들라고! 무슨 짓이야!”

삽시간에 고깃덩어리로 변해 버린 그녀의 시신을 밟고 좀비들이 달려들었다. 하지만 투명한 막은 여전히 위력을 발휘해서 좀비들을 막아 냈다. 장현우는 그 안에서 울부짖었다.

"대체 어떻게 돌아가는 건데! 응?"

마치 응답이라도 하듯이 투명한 막이 붉게 달아올랐다. 그러면서 서서히 부풀어 올랐다. 하지만 좀비들은 여전히 이빨로 긁고 머리로 들이받았다. 붉게 달아오른 막은 한순간에 폭발해 버렸다. 엄청난 압력과 열기에 좀비들은 사방으로 튕겨 나갔고, 장현우의 몸통 역시 산산조각이 나서 옥상 여기저기에 흩어졌다. 머리는 붉은 후드를 입은 여인의 시신 반대편으로 날아가서 난간까지 굴러갔다.

정신없이 요동치던 세상이 멈춘 직후, 좀비의 얼굴이 보였다. 한동안 장현우의 머리를 내려다보던 좀비는 두 손으로 번쩍 들어서 아래로 던져 버렸다. 아스팔트 바닥에 떨어진 장현우의 머리는 물결처럼 요동치는 좀비들 사이로 굴러갔다. 그 와중에 코와 눈이 뭉개졌고, 귀가 떨어져 나갔다. 그렇게 세상이 다시 사라졌다.

이번에는 예전처럼 침대에서 비명과 함께 깨어나지 않았다. 장현우는 사방이 어두운 공간 속에서 눈을 떴다. 침대도 없었고, 익숙한 방 안 역시 보이지 않았다. 마치 물속에 떠 있는 것처럼 중력조차 느낄 수 없었다. 일단 팔과 다리가 모두 달려 있는 걸 본 장현우는 거리와 깊이를 가늠할 수 없는 주변을 돌아봤다. 그러다가 어느 순간, 붉은 후드를 입은 여인이 자신을 바라보고 서 있는 걸 느꼈다.

"죽은 거 아니었어?"

그의 물음에 붉은 후드를 입은 여인은 눈을 깜빡거리며 대답했다.

"이곳으로 오기 위한 과정이었어."

"여긴 어딘데? 나는 지금 죽어 있는 거야? 살아 있는 거야?"

"심연에 들어와 있는 거야."

"심연?"

장현우의 물음에 대답 대신 고개를 끄덕거린 그녀가 주변을 돌아봤다.

"사실상 유일하게 안전한 곳이기도 하고."

"누구로부터?"

"좀비들의 왕, 좀비 킹으로부터 말이야."

그녀의 말을 들은 장현우는 코웃음을 쳤다.

"좀비들에게 지도자가 있다고?"

"맞아. 그가 나타나서 세상을 멸망시켰지."

"그자가?"

이번에도 대답 대신 고개를 끄덕거린 붉은 후드를 입은 그녀가 다시 손을 뻗었다.

"널 찾기 위해 정말 많이 애를 썼어."

"나를 찾기 위해서?"

"응, 좀비 킹이 너를 어느 공간에 가뒀는지 알 수 없어서 찾으려고 했거든."

"왜? 나 때문에 왜 그렇게 많은 사람들이 죽은 거지?"

"네가 마지막 희망이니까."

"나는 누군가에게 희망이었던 적이 없었어. 아무도 지켜 주지 못했는걸."

서글퍼진 장현우의 말에 그녀가 따뜻한 미소와 함께 두 손으로 그의 머리를 감쌌다.

"이제 받아들일 준비가 되었으니까 보여 줄게, 네가 왜 같은 시간대에 갇혀 있는지."

붉은 후드를 입은 여인의 손바닥에서 퍼진 빛이 장현우의 머리를 감쌌다. 그리고 주변이 점점 환해지면서 그녀의 모습은 차츰 사라졌다. 그래도 아까처럼 좀비에게 뜯어 먹히는 모습은 아니라서 장현우는 그나마 안심이 되었다.

좀비들의 왕

한 손에 야구 배트를 들고 아파트 현관을 나온 아버지가 주변을 살펴보다가 고개를 끄덕거렸다. 그러자 몇 가지 생필품이 든 가방을 멘 장현우와 어머니가 조심스럽게 뒤따라 나왔다. 마른 침을 삼킨 아버지가 말했다.

"소리 내지 말고 조심해서 따라와."

긴장한 표정의 어머니가 고개를 끄덕거리면서 장현우의 어깨에 손을 올렸다. 어머니의 긴장감이 느껴진 장현우는 저도 모르게 딸꾹질을 했다. 놀란 장현우가 입을 틀어막자 어머니가 괜찮다는 듯 어깨를 토닥거렸다.

청파로로 이어지는 좁은 시장 골목은 한산했다. 가게들은 셔터가 내려져 있었고, 그 셔터에는 사람들의 피가 말라붙어 있었다. 청파로로 나오자 맞은편에 지어진 지 20년이 넘은 오래된 오피스텔이 보였다. 오피스텔 역시 중간중간 유리창이 깨져 있어서 무서워 보였다. 장현우가 겁을 먹은 것처럼 보이자 어머니가 말을 걸었다.

"원래대로면 여름 방학이었는데 말이야."

"그러게요."

"고등학교 들어와서 첫 여름 방학이라 가고 싶은 곳이 많다고 했잖아."

긴장한 장현우는 대답 대신 고개를 끄덕거렸다. 저 멀리, 서울역 쪽에서 사람들이 미친 듯이 뛰고 있는 게 보였다. 그걸 본 아버지가 중얼거렸다.

"못 버틴 모양이구나."

그곳에도 대피소가 있었지만 무너진 모양이라는 뜻이었다. 세상이 엉망이 된 건 회백색 눈을 가진 사람들 때문이었다. 며칠 전, 갑자기 나타난 그들 때문에 세상이 한순간에 바뀌어 버렸다. 사람 눈이 회백색으로 변하면 이상해졌다. 입이 툭 튀어나오면서 눈과 코, 입에서 쉴 새 없이 피를 흘렸다. 거기에 옷이 찢어질 정도로 몸이 부풀어 올랐다.

이성을 잃고 주변 사람들을 닥치는 대로 공격했는데, 이빨에 물리거나 손톱에 긁히면 고통에 몸부림치다가 똑같이 변해 버려서 또 다른 희생자들을 찾아다녔다. 뛰는 속도도 빨랐고, 팔다리가 떨어져 나가도 고통을 전혀 느끼지 않았다. 오직 머리가 파괴되거나 목에서 떨어져 나가야만 움직임을 멈췄다.

이들에게는 자연스럽게 좀비라는 이름이 붙었다. 그리고 회백색 눈을 가진 좀비들 덕분에 대한민국은 완전히 혼돈으로 빠져들었다. 아버지는 장현우를 데리고 걷는 와중에도 계속 주변을 돌아봤다. 광복 100주년에 남북 연방제 통일 10주년을 앞둔 시점이었지만 사람들은 까맣게 잊어버린 채 안전한 곳을 찾아 헤맸다.

집 안에 숨어 라디오를 듣다가 경복궁에 대피소가 있으니 생존자들은 이곳으로 오라는 얘기를 들은 부모님은 장현우를 데리고 밖으로 나왔다. 학교에 갔다가 급히 돌아가는 길에 회백색 눈을 한 좀비들에게 공격을 당해서 잡힐 뻔했던 장현우는 밖으로 나가는 게 무서웠다. 하지만 집 안에만 있다가는 언제 공격을 당할지 모른다는 아버지의 설득에 결국 밖으로 나왔다. 그나마 집이 중림동의 성 요셉 아파트라서 광화문까지 걸어가 볼 만하다는 게 한몫했다.

아버지는 전기차를 타고 가려고 했지만 아파트 앞의 좁은 골목길까지 꽉 찬 차와 오토바이들의 잔해를 보고는 포기했다. 서소문 성지 역사 공원을 가로질러서 호암아트홀 방향으로 나와 시청 쪽으로 이동했다. 서소문 고가 도로에서는 멈춰 선 전기차들이 불이 붙었는지 배터리가 터지는 소리가 계속 들렸다. 그리고 불붙은 사람과 좀비들이 계속 아래로 떨어졌다. 그걸 보고 놀라서 걸음을 멈췄던 어린 장현우는 어서 가라고 등을 떠미는 어머니의 손길에 밀려서 앞으로 갔다.

거리 곳곳에선 회백색 눈을 가진 좀비들이 괴성을 지르며 희생자를 찾아다녔다. 생존자들은 비명을 지르며 도망치기 바빴다. 하지만 순식간에 튀어나오는 좀비들에게 많은 생존자들이 장현우의 눈앞에서 물리고 뜯어 먹혔다.

"여보! 그냥 집으로 돌아가요. 이러다가 큰일 나겠어요."

어머니의 애원에 앞장선 아버지가 고개를 저었다.

"안 돼. 전기도 끊기고 식량이랑 물도 없는데 어떻게 버틴다고?"

아버지의 고집에 어머니가 짜증을 내다가 장현우의 어깨에 올린 손을 뗐다.

"나는 집으로 돌아갈게요."

돌아선 어머니는 곧장 성 요셉 아파트가 있는 골목길로 사라졌다. 어머니의 갑작스러운 행동에 놀란 장현우는 어머니를 부르며 따라가려고 했지만 아버지에게 손목이 붙잡히면서 실패했다.

"아버지!"

장현우가 울 것 같은 표정을 지으며 돌아보자 아버지는 굳은 얼굴로 고개를 저었다.

"어떻게든 광화문으로 가야 한다. 그래야 살 수 있어."

결의에 찬 아버지의 말에 장현우는 고개를 끄덕거릴 수밖에 없었다. 한숨을 쉰 아버지는 장현우를 데리고 광화문 쪽으로 걸었다. 주변에서는 총소리와 신음 소리, 괴성이 끊임없이 들려왔다. 종로 타워와 그 옆의 센트로 폴리스를 집어삼킨 불길에서 뿜어져 나온 연기가 하늘을 뒤덮었다. 서소문 고가 도로가 끝나는 지점에 호암아트홀이 보였다. 그곳에도 경찰차와 장갑차들이 불탄 채 버려져 있었다. 주변에는 경찰들과 군인들이 반쯤 불에 탄 모습으로 쓰러져 있었다.

불에 탄 시신에서 풍겨 오는 악취에 장현우는 저도 모르게 얼굴을 찌푸렸다. 아버지 역시 야구 방망이를 든 손으로 입을 가렸다. 빨리 지나가야겠다는 생각에 장현우는 발걸음을 재촉했다. 다행히 주변에는 회백색 눈을 한 좀비들이 없었다. 머리가 떨어져 나간 좀비들의 시신 몇 개가 도로 주변에 보일 뿐이었다.

호암아트홀을 지나 가로수가 있는 길을 따라 쭉 걸었다. 도로는 차와 버스들로 가득했고, 거기에 오토바이와 전기 자전거들까지 뒤엉켰다. 도로의 중앙 분리대를 부수고 멈춘 전기 버스 한 대는 불에 완전히 타서 지붕이 주저앉아 버렸다. 납작해진 버스 창문으로 연기가 계속 피어올랐다. 서울 광장에 가까워지자 생존자들이 중간중간 보였다. 다들 광화문으로 가는 것 같았다. 마음의 여유를 가진 장현우는 숨을 헐떡거리며 걷는 아버지에게 물었다.

"그런데 좀비들은 왜 나타난 거예요?"

그들이 나타난 직후 방송과 인터넷에서는 회백색 눈을 한 좀비들이 왜 나타났는지에 대해서 논쟁과 토론이 있었다. 대부분의 전문가들은 몇 년 전에 전 세계를 휩쓸면서 수백만 명의 사망자를 낸 아르테미스 독감 같은 바이러스나 마약 때문일 것이라고 추측했다. 전자파 같은 황당한 주장도 나오긴 했지만 결론은 나지 않았다.

어떤 사람은 우주에서 내려온 알 수 없는 빛이 원인이라고 했다. 좀비들이 나타나기 전날 밤, 하늘이 한 줄로 붉게 변한 게 보였기 때문이었다. 잠을 자기 전에 그걸 본 장현우가 아버지에게 물었지만 모르겠다는 대답만 들었다. 어쨌든 결론은 나지 않았다. 그 전에 좀비들 때문에 세상이 박살 나 버렸다.

정부는 계엄령을 발동하고 군대를 동원했지만 역부족이었다. 군인들 역시 좀비가 되어 버렸기 때문이었다. 결국 정부에서는 서울 시내 몇 군데에 대피소를 지정하고 생존자들에게 이곳으로 오라고 방송을 하고 전단지를 뿌렸다. 장현우와 아버지는 조심스럽게 움직이는 몇몇 생존자들을 먼발치에서 보면서 서울 시청을 통과했다. 역시 장갑차와 군용 트럭, 경찰차들이 어지럽게 광장에 흩어져 있는 게 보였다. 서울 도서관 앞은 바리케이드가 세워져 있었지만 문은 활짝 열려 있었고, 곳곳에 머리가 부서지거나 떨어져 나간 좀비들의 시신이 뒹굴고 있었다.

"저곳도 좀비들의 공격을 받은 모양이구나."

아버지가 혀를 차면서 그 앞을 지나갔다. 서울 시청을 지나서 청계천 광장까지 도달하자 아버지는 비로소 한숨을 쉬었다. 한 고비를 넘겼다는 뜻이었지만 장현우는 집으로 돌아간 어머니 생각에 몹시 울적했다. 이순신 장군 동상이 서 있는 세종대로 사거리에 도착할 즈음 지친 장현우의 발걸음이 느려졌다. 그런 장현우에게 아버지가 말했다.

"어서 걸어. 멈추면 안 된다."

아버지의 채근에 잠시 멈춰서 숨을 고르며 청계천 광장 쪽을 바라보던 장현우는 다시 속도를 내기 시작했다. 그가 바라보던 것은 청계천 광장에 세워져 있던 2045년 광복 100주년 기념 홀로그램이었다. 과거부터 현재까지 있었던 역사를 홀로그램으로 보여 주고 있는데, 2039년이라는 글씨가 있는 화면에는 마스크를 쓴 사람들이 거리를 무표정하게 걷는 모습으로 남아 있었다. 그 아래에는 20년 만에 다시 엄습한 전염병이라는 글씨가 보였다.

몇 년 전에 대유행을 했던 아르테미스 독감은 수많은 희생자를 낸 끝에 겨우 막을 내렸다. 그때 형을 잃었던 장현우는 울적한 기분이 들었다. 그런데 연신 뒤를 보면서 걷던 아버지의 얼굴이 굳어졌다. 아버지가 장현우의 팔을 세게 잡아끌었다.

"뛰어라. 놈들이 나타났다."

고개를 힐끔 돌린 장현우는 서울 시청 쪽에서 몰려오는 회백색 눈들을 발견했다. 멀리 떨어져 있어서 보이지 않았지만 특유의 괴성과 악취는 이제 막 세종대로 사거리를 지난 장현우도 똑똑히 느낄 정도였다. 목적지인 멀리 보이는 경복궁은 바리케이드가 쳐져 있었다. 회백색 눈을 가진 좀비의 공격을 피해서 모이는 대피소였다.

조심스럽게 걷던 생존자들도 일제히 뛰기 시작했다. 장현우도 가방을 벗어 버리라는 아버지의 말을 듣고는 메고 있던 가방을 팽개쳤다. 그리고 광장을 따라 달렸다. 좀비들이 광장 좌우에서도 쏟아져 나오면서 양쪽에서 움직이던 생존자들이 붙잡혔다.

살려 달라는 처절한 외침이 들리는 가운데 아버지가 계속 뛰라고 소리쳤다. 장현우는 숨을 헐떡거리면서 정신없이 뛰었다. 세종문화회관을 지나자 광화문이 한결 가까워 보였다. 하지만 지칠 대로 지쳐서 점점 속도가 느려졌다. 곳곳에 부서진 좀비들의 시신이 깔려 있어서 뛰기도 애매했다. 거기다 게임에서나 보던 시신들을 실제로 본 장현우는 구역질을 하느라 제대로 뛰지 못했다.

아버지는 그런 장현우에게 계속 뛰라고 소리치면서 뒤쪽을 힐끔거렸다. 대한민국 역사 박물관을 지나는데 갑자기 그쪽에서 좀비들이 몰려나왔다. 경찰 복장을 한 좀비들이 섞여 있었는데 다들 회백색 눈을 번뜩이며 장현우와 아버지에게 다가왔다. 장현우의 등을 떠민 아버지가 외쳤다.

"쉬지 말고 뛰어!"

"아버지!"

불길한 예감이 든 장현우가 외쳤지만 걸음을 멈춘 아버지는 두 손으로 야구 방망이를 단단히 움켜쥐고는 다가오는 좀비들에게 휘둘렀다. 제일 처음 야구 방망이에 머리가 맞은 경찰 좀비는 펄쩍 뛰어올랐다가 바닥에 쭉 뻗었다. 하지만 사방에서 몰려드는 좀비들을 야구 방망이 하나로 막을 수는 없었다. 아버지는 삽시간에 좀비들에게 둘러싸였다. 그리고 물속에 빠진 사람처럼 두 팔을 하늘 위로 치켜들고 허우적거렸다.

그걸 본 장현우의 귀에 뛰라는 아버지의 목소리가 환청처럼 들렸다. 아랫입술을 질끈 깨문 장현우는 광화문을 향해 뛰었다. 주변을 돌아보니 아까 중간중간 보였던 생존자들이 거의 대부분 좀비들에게 당한 것 같았다. 광화문 앞에는 검정색의 크고 높은 군용 차량들이 바짝 붙어서 막고 있었다. 그 앞에는 머리가 터진 좀비들의 시신이 제법 쌓여 있었다. 장현우가 울먹거리며 다가가는데 마이크를 통해 목소리가 들렸다.

[엎드려!]

그 소리를 들은 장현우는 바닥에 납작 엎드렸다. 거의 동시에 군용 차량의 지붕에 장착되어 있던 총기 터렛이 빙글 돌더니 요란한 총성과 함께 탄환을 쏟아 냈다. 머리 위로 스쳐 지나가는 탄환이 바람을 가르는 느낌에 장현우는 온몸에 소름이 돋았다. 살짝만 낮으면 맞을 것 같았기 때문이었다. 주변에서 좀비들의 머리와 몸통이 퍽퍽 터지는 소리가 들렸다. 한동안 시간이 흐른 후에 총성이 멈췄다. 살짝 고개를 든 장현우는 무심코 고개를 돌렸다가 깜짝 놀랐다.

"어!"

1미터도 떨어져 있지 않은 곳부터 좀비들의 시체가 그야말로 발 디딜 틈 없이 깔려 있었다. 얼이 빠져서 지켜보는데 다시 마이크 소리가 들렸다.

[얼른 와라. 좀비들이 또 나타날지 몰라.]

장현우는 벌떡 일어나서 광화문 쪽으로 다가갔다. 군용 차량 앞에 도착하자 위에서 줄사다리 같은 게 내려왔다. 그걸 붙잡은 장현우는 올라가기 전 아버지가 있던 대한민국 역사 박물관 쪽을 바라봤다. 산산조각 난 좀비들의 잔해 사이로 부러진 야구 방망이를 쥔 손이 보인 것 같았다.

그가 머뭇거리자 얼른 올라오라는 목소리가 들렸다. 장현우는 떨리는 손으로 줄사다리를 타고 올라갔다. 꼭대기까지 올라가자 방탄복에 방탄 헬멧을 쓴 키 큰 중령이 내려다보고 있었다. 지치고 피곤한 표정이라 무서웠지만 중령이 손을 내밀어 줬다. 그 옆에는 상사 계급장을 단 작고 뚱뚱한 체구의 부사관이 서 있었다. 망원경으로 세종대로 사거리 쪽을 살펴보던 상사가 중령에게 말을 걸었다.

"이상하지 않습니까?"

"뭐가?"

"이번에도."

옆에 우두커니 서 있는 장현우를 힐끔 본 상사가 중령에게 덧붙였다.

"매복을 한 것처럼 양옆에서 생존자들을 공격했습니다. 우리가 미리 준비하고 있다가 발포해서 그렇지, 지난번처럼 아무도 살아남지 못할 뻔했습니다."

상사의 얘기를 들은 중령이 얼굴을 찌푸리며 고개를 저었다.

"우연의 일치겠지. 좀비들은 사람처럼 생각을 하진 못하잖아."

"그래도 타이밍이 너무 기가 막힙니다. 오늘만 해도 세 번째입니다."

"생존자들을 노리고 있다는 말인가?"

중령의 물음에 상사는 이번에도 장현우를 살짝 바라보고는 대답했다.

"그게 아니라, 우리가 가지고 있는 탄약을 노리는 것 같습니다. 서울역 대피소도 결국 그런 식으로 탄약을 소모하도록 만든 다음에 서울 스퀘어 빌딩에 있던 좀비들이 우르르 몰려와서 삽

시간에 당했답니다."

"그러니까 우리가 생존자들을 구하기 위해 탄약을 쓰도록 강요한단 말인가?"

"아무래도 그런 거 같습니다."

상사의 대답에 중령은 답답한 표정으로 바깥쪽을 바라봤다.

"그렇다고 생존자들을 모른 척할 수는 없잖아."

"이런 식으로 탄약을 소모하면 일주일도 못 버팁니다. 그다음에는 진짜 착검해서 싸울 수밖에는 없고 말입니다."

"상부에 탄약을 추가로 요청해 보겠네."

중령의 말에 상사가 마른침을 삼켰다.

"탄약이 떨어질까 봐 병사들이 동요하고 있습니다. 재분배를 하려고 해도 내놓지를 않고 있어서 정확히 얼마나 가지고 있는지도 알 수 없는 상태입니다."

"자네가 잘 다독거려 주게. 안에서부터 무너지면 우린 끝장이야."

"우리가 모두 탈출할 순 있는 겁니까?"

상사의 물음에 중령은 한숨을 쉬며 고개를 끄덕거렸다.

"한 가지는 약속하지. 내가 제일 마지막에 탈출하겠네."

중령의 대답을 들은 상사가 말했다.

"그 옆에는 제가 있겠습니다, 대대장님."

대화를 마친 중령이 장현우를 바라봤다.

"몇 살이냐?"

"여, 열여섯 살이요."

"고등학생이구나."

"네, 1학년입니다."

"우리 아들은 중학교 3학년이었다. 그런데 이제 고등학교는 가지 못할 거 같구나."

그게 무슨 뜻인지 알아차린 장현우는 시선을 떨어뜨렸다. 그런 장현우를 바라보던 중령이 뒤쪽에 대고 외쳤다.

"민간인 아이다. 데려가고, 실탄 장전하고 장비 점검해!"

중령의 지시에 군인들이 바쁘게 움직였다. 광화문 안쪽으로는 접이식 사다리가 있어서 쉽게 내려갈 수 있었다. 커다란 탄환을 어깨에 건 군인들이 군용 차량 안으로 들어갔다. 아래쪽에 있던 군인들이 장현우를 멈춰 세우더니 몸을 이리저리 살폈다. 그러면서 미안했는지 한 명이 웃으며 말했다.

"미안, 보호소 안에서 갑자기 좀비로 변해 버리는 사례가 있어서 말이야."

"괜찮아요."

"용감하구나. 혼자 왔니?"

군인의 물음에 장현우는 고개를 저었다.

"아빠랑 같이 왔어요."

군인은 더 이상 물어보지 않고 팔에 파란색 테이프를 감아 주고는 안으로 들어가도 된다는 말을 했다.

광화문 안으로 들어가자 수문장 교대식을 하고 관광객으로 가득 찼던 광장은 생존자들과 군인들로 가득했다. 장현우는 초점 없는 눈으로 새로 온 그를 바라보는 생존자들 사이를 지나 안쪽으로 걸어갔다. 매주 주말이 되면 아버지는 장현우를 데리고 경복궁에 놀러 오곤 했다. 그리고 이것저것을 설명해 줬는데, 따분하게 생각한 장현우는 몸을 비틀기 일쑤였다. 그러면 옆에서 보고 있던 어머니가 애가 심심해하니까 다른 곳에 가지고 끼어들었다.

땅이 꺼져라 한숨을 쉰 장현우는 주변을 돌아봤다. 국립 고궁박물관 쪽으로 연결된 문은 굳게 닫혀 있었고, 담장 위로는 사다리를 타고 올라간 군인들이 바깥쪽으로 총을 겨누고 있었다. 흥례문을 지나 안쪽으로 들어가자 역시 생존자들과 군인들이 모여 있는 게 보였다. 머리 위로는 헬기와 드론들이 근정전 쪽을 왕래하고 있었다. 뭔지 궁금했지만 근정문은 군인들과 무인 고정 포대인 센트리 건이 지키고 있었다. 특이한 건, 그들은 외부의 좀비들이 아니라 내부의 생존자들을 감시하고 있다는 거였다.

"이상하네."

먼발치서 바라본 장현우가 중얼거리자 곁을 지나가던 할아버지가 물었다.

"뭐가?"

장현우가 대답 대신 군인들이 지키는 근정문 쪽을 바라보자 할아버지가 대번에 알아차렸다.

"저기에서 사람을 내보내서 그래."

"내보낸다고요? 어디로요?"

"몰라, 남쪽에 있는 안전한 곳이라고 했으니까 제주도 같은 곳이겠지."

혀를 찬 할아버지가 낮게 날아가는 헬기를 올려다보면서 중얼거렸다.

"돈이나 빽이 있는 사람들을 우선 피난시킨다는 소문이야. 그래서 사람들이 항의하니까 저렇게 얼씬도 못 하게 해 놓은 게야."

"정말이요?"

장현우의 물음에 할아버지가 얼굴을 찌푸렸다.

"그렇다마다. 세상이 뒤집어졌는데도 여전히 없는 놈들은 무시당하고 차별당하는 거지, 뭐."

바닥에 가래침을 뱉은 할아버지가 뒷짐을 진 채 투덜거리며 자리를 떴다. 장현우는 할아버지가 사라진 후에도 차별의 벽이 되어 버린 근정문을 바라보다 왼쪽에 있는 유하문으로 향했다. 그리고 그 옆에 있는 기별청 근처까지 걸어갔다. 역사에 관심이 많은 아버지가 경복궁에 올 때마다 항상 데리고 왔던 곳이었다. 조선 시대 기별지라는 신문 비스무리한 것을 만들던 곳이라고 했다. 장현우는 그런 것보다는 친구랑 어울려서 PC방에 가는 걸 더 좋아했지만 지금은 둘 다 할 수 없다는 사실에 더없이 슬퍼졌다.

기별청이라는 현판을 건 두 칸짜리 작은 한옥을 바라보던 장현우는 서글픔에 눈물을 글썽거렸다. 그러자 그 앞에서 전투 식량을 먹고 있던 군인들이 장현우를 보더니 이리로 오라고 손짓을 했다. 하지만 배가 고픈 것이 아니었던 장현우는 괜찮다며 고개를 저었다. 그러면서 자연스럽게 웃음이 나왔는데 정말 오랜만에 웃었다는 사실에 신기해했다.

전투 식량을 먹는 군인들이 불편해할 거 같아서 장현우는 흥례문 쪽으로 도로 걸어갔다. 곳곳에 흩어져 있는 생존자들은 지치고 피곤한 눈빛을 한 채 주변을 돌아보며 여기저기 모여 있었다. 운 좋게 가족들이 탈출한 쪽 같았다. 반면, 장현우같이 혼자서 온 생존자들은 어디에도 속하지 못하고 이리저리 흩어져서

왔다 갔다 했다. 가족을 찾는지, 아니면 쉴 곳을 찾는지 알 수 없었지만 장현우 역시 주저앉을 곳이 있음에도 불구하고 어디에도 자리를 잡지 못하고 빙빙 돌았다. 그러면서 같은 처지의 몇 명과 눈이 마주쳤다. 대부분 장현우처럼 10대 중반이었다. 아마 부모들이 자식을 살리기 위해 희생하면서 혼자서만 탈출한 것처럼 보였다.

그러다가 영제교라는 다리 난간에 걸터앉아 있는 또래의 여자 아이를 봤다. 붉은색 셔츠에 긴 머리가 눈에 띄었는데, 마치 뭔가를 기다리는 것처럼 하늘을 올려다보는 중이었다. 호기심을 느낀 장현우는 그 옆에 가서 난간에 걸터앉았다. 평상시라면 문화재라 만지는 것조차 조심스러웠지만 지금은 뭐라고 하는 사람이 없었다. 인기척을 느낀 그녀가 장현우를 힐끔 바라봤다. 창백한 얼굴에 이번 사태를 겪은 대부분의 사람처럼 무표정했다. 그림자가 드리워졌다는 표현이 더 적합한 것 같다는 생각을 하던 장현우가 그녀에게 물었다.

"뭘 보는 거야?"

장현우의 물음에 그녀는 대답 대신 하늘을 올려다봤다. 장현우도 그녀를 따라 손바닥을 눈썹 위에 갖다 댄 채 하늘을 올려다봤다. 구름이 별로 보이지 않는 하늘은 붉은 줄이 하나 가로지르고 있는 중이었다.

"저게 뭐야?"

장현우의 물음에 그녀가 하늘을 올려다본 채 대답했다.

"슈퍼 링크 위성들이야."

"위성?"

장현우의 거듭된 물음에 그녀가 한심하다는 표정을 지었다.

"전 세계를 연결하는 초고속 위성 통신망. 20년 전에 일런 머스크라는 미국인 사업가가 상용화한 스타 링크의 업그레이드라고 할 수 있지."

"그런데 저게 왜 붉은색으로 변한 거야?"

그녀가 한숨을 쉬었다.

"아버지가 그랬는데, X 제너레이터 때문인 거 같다고 했어."

점점 알 수 없는 말을 하는 그녀를 본 장현우가 다시 물었다.

"그건 또 뭔데?"

"저 위성들은 지상과 인터넷을 연결하기 위해 전파를 발산해. 그런데 특정 주파수를 쏠 수 있는 장치들이 탑재되어 있거든."

"그거 때문에 위성이 붉어졌다는 거야?"

"응. X 제너레이터라고 하는데, FG 밴드 계통의 전파를 발산하고 있다는 뜻이야."

그녀가 한숨과 함께 덧붙였다.

“사람들이 좀비로 변한 이유가 바로 저거고.”

“저 위성 때문에 사람들이 좀비가 되었다고?”

“저게 시작이었어.”

그녀의 대답에 장현우가 하늘을 올려다보며 말했다.

“바이러스 같은 게 아니라?”

장현우의 말에 그녀는 고개를 절레절레 저었다.

“좀 복잡해.”

그러고는 뭔가 생각났다는 표정으로 덧붙였다.

“내 이름은 서영이야. 이서영.”

이름을 들은 장현우도 얼른 대답했다.

“난 장현우야.”

“몇 살인데 혼자 있는 거야?”

“열여섯 살, 어머니는 오다가 헤어졌고, 아버지는 저 앞에서 좀비들을 막다가 돌아가셨어.”

장현우의 대답을 들은 이서영이 우울한 표정을 지었다.

“우리 아버지는 끝까지 망원경을 포기하지 않으셨어.”

“왜?”

“하늘만 바라보고 사시는 분이었거든. 그래서 어머니가 집을 떠날 때도 하늘만 보고 계셨어.”

“그러다가 위성이 이상한 걸 발견한 거야?”

“그렇다고 했는데, 잘 모르겠어. 누군가의 음모라고 했는데 그게 누구였더라.”

이서영과 얘기를 나누는 사이, 갑자기 경보 같은 게 울렸다. 그러자 여기저기 흩어져서 쉬거나 음식을 먹고 있던 군인들이 광화문과 담장 쪽으로 뛰어갔다. 그리고 잠시 후, 총성이 울리기 시작했다. 그 소리를 들은 이서영이 얼굴을 찡그렸다.

“좀비들이 공격을 시작했나 봐.”

경복궁 안의 넓은 광장에 있던 생존자들은 눈에 띄게 동요했다. 가족들을 끌어안거나 눈을 감고 기도하는 모습을 보였고, 일부는 군인들이 지키고 있는 근정문 쪽으로 뛰어갔다. 하늘 위에서는 드론이 연달아 떠올라서 광화문 방향으로 날아갔다. 혼란한 주변 상황을 보던 이서영이 장현우의 팔을 잡아끌었다.

“나랑 같이 광화문으로 가자.”

“거긴 좀비들이 넘어오려는 곳이잖아.”

장현우가 엉덩이를 빼고 버티려고 하자 이서영이 혀를 찼다.

“그러니까 가야지. 여기 있다가 좀비들이 넘어오면 먹잇감밖에 안 되잖아. 군인들 옆에 있어야 안전해.”

이서영의 말이 그럴 듯하다고 생각한 장현우는 못 이기는 척 끌려갔다. 광화문의 문루 위쪽에서 붉은 섬광과 총성이 번쩍거렸다. 긴장한 표정의 병사들이 보였고, 아래쪽에서는 탄약이 든 박스를 들고 계단을 바쁘게 올라갔다. 아래쪽에서 띄운 텀블러 모양의 자폭 드론들이 프로펠러를 흔들면서 하늘로 치솟았다가 광화문 너머로 날아가서 아래로 떨어졌다. 이서영과 함께 그 광경을 멍하니 바라보던 장현우에게 지나가던 병사가 외쳤다.

"야! 너희들!"

놀란 장현우가 돌아보자 등에 총을 멘 병사가 나무 상자를 가리켰다.

"탄약 가지고 문루로 좀 올라가라."

주저할 틈 없이 이서영이 냉큼 대답했다.

"네."

그러고는 나무 상자의 한쪽 손잡이를 잡고 질질 끌었다. 그걸 본 장현우는 서둘러 다른 손잡이를 잡았다. 둘은 낑낑거리며 탄약 상자를 들고 문루로 올라갔다. 아래쪽을 향해 총을 쏘던 병사 한 명이 둘을 보고는 어이없다는 표정을 지었다.

"너희들이 왜 올라온 거야?"

하지만 상황이 상황인지 곧장 구석에 쌓인 빈 탄창을 가리켰다.

"저기에다 탄환 장전할 수 있어?"

그곳에선 병사 한 명이 한쪽 무릎을 꿇은 채 장전을 하는 중이었다. 두 사람은 그쪽으로 탄약이 든 나무 상자를 끌고 갔다. 그러자 병사는 가지고 있던 빠루로 뚜껑을 열고 탄약이 든 천 주머니들을 꺼냈다. 그리고 빈 탄창에 끼우는 시범을 보여 줬다.

"이렇게 끼워. 30발이 들어가는데 옆에 빈 구멍이 있으니까 그걸 보면서 채우면 된다."

장현우는 이서영과 함께 빠르게 탄약을 탄창에 장전했다. 처음에는 손가락이 아플 정도로 잘 안 들어갔지만 몇 번 탄창을 채우자 요령이 생겼다. 이서영도 빠르게 익혔는지 점점 장전하는 속도가 빨라졌다. 그렇게 둘이 장전한 탄창을 모은 병사가 문루 앞쪽에서 광화문 바깥을 향해 사격하는 곳으로 가져갔다. 둘은 서로 마주 보고 탄환을 장전했는데, 이서영이 고개를 숙인 채 웃었다. 그걸 본 장현우는 어이가 없었다.

"지금 웃음이 나오냐?"

"그래도 웃기잖아. 좀비가 나타나다니 말이야."

듣고 보니 우스운 일이라 장현우도 따라서 웃었다. 그사이 탄창을 나눠 준 병사가 서두르라고 재촉했다. 둘은 고개를 숙인 채 열심히 탄창에 장전을 했다. 총소리 덕분에 더 긴박해졌지만 어쨌든 군인들 곁이라서 그런지 조금 안심이 되었다. 그런 식으로 나무 상자 안에 있는 탄약이 거의 없어질 때까지 장전을 했는데, 그즈음에 총격전이 마무리되었다. 사격 중지라는 외침이 들리자 병사들은 너 나 할 거 없이 그 자리에서 축 늘어졌다. 두 사람도 탄약을 장전하던 걸 내려놓고 두 팔을 흔들었다.

"괜찮아?"

장현우의 물음에 이서영이 고개를 끄덕거렸다.

"좀 저리긴 하지만 괜찮아."

둘이 그렇게 마주 보고 웃는데 탄환을 장전하던 병사가 건빵을 하나 건넸다.

"고생들 했다. 한 박스 더 해 줄 수 있어?"

둘은 거의 동시에 고개를 끄덕거렸다. 그러자 병사가 씩 웃으며 고맙다는 말을 했다. 병사는 자기가 나무 상자를 가져올 테니 여기서 기다리라고 하고는 계단을 내려갔다. 둘은 허리를 펴고 일어나서 문루 앞쪽으로 걸어갔다. 바깥 상황이 어떤지 궁금했기 때문이었는데, 장현우는 보자마자 입을 딱 벌리고 말았다.

"대체 얼마나 죽은 걸까?"

광화문 바깥은 온통 좀비들의 시체로 덮여 있었다. 원래 땅은 거의 보이지도 않을 정도였는데, 가까운 곳에는 아예 좀비들의 시신이 언덕처럼 쌓여 있기도 했다. 마침 바람의 방향이 바뀌면서 죽은 좀비들의 냄새를 느낄 수 있었다. 상상 이상의 악취에 두 사람은 약속이나 한 듯 입을 틀어막고 고개를 돌렸다. 그때 상황을 살펴보기 위해서 문루로 올라온 중령이 둘을 발견하고는 걸음을 멈췄다.

"너희들이 왜 여기에 있는 거냐?"

삽시간에 분위기가 어색해졌다. 탄환이 든 나무 박스를 낑낑대며 끌고 올라온 병사가 황급히 대답했다.

"탄환 장전하는 걸 도와줬습니다."

"어린아이들을 전투에 동원하면 어떡해!"

중령의 호통에 가만히 있던 이서영이 말했다.

"우리가 도와준다고 했어요. 좀비가 담장을 넘으면 다 죽는데 민간인과 군인을 나누는 게 무슨 소용이에요."

이서영의 대답에 중령은 아무 대답도 못 하고 땀이 흐르는 턱을 손등으로 훔쳤다. 그때 중령을 따라온 무전병이 지직거리는 무전기를 건넸다. 한 손으로 무전기를 쥔 중령이 버튼을 누르며 말했다.

"김 상사, 무슨 일인가?"

지직거려서 제대로 들리지 않긴 했지만 근정문으로 빨리 와

달라는 내용 같았다. 중령이 다시 무슨 일이냐고 물으려는데 총소리가 무전기를 타고 들려왔다. 쏘지 말라는 다급한 외침이 뒤이어 들리고, 함성과 고함 소리가 뒤엉켰다. 얼굴을 찡그린 중령이 무전병에게 무전기를 돌려주면서 문루를 내려갔다. 분위기를 살피던 장현우와 이서영도 뒤따라 내려갔다.

방금 전까지 광화문 안쪽에 있던 생존자들 상당수가 흥례문 안쪽으로 들어간 상태였다. 아무래도 좀비들이 더 넘어오지 않을까 겁을 먹고 더 안쪽으로 피난을 간 것 같았다. 남아 있는 몇 명을 지나쳐서 흥례문 안쪽으로 들어가자 수많은 생존자들이 근정문 앞에 모여 있는 게 보였다. 그리고 문을 지키던 군인들이 허공에 총을 발사하면서 그들의 접근을 막았다. 그걸 본 중령은 생존자들을 헤치고 근정문으로 다가갔다. 얼떨결에 뒤따라갔던 장현우와 이서영도 휩쓸려서 그곳으로 향했다. 근정문 앞에 있던 상사가 계단을 올라온 중령을 보고는 안도의 한숨을 쉬었다.

"왜 이러는 건가?"

중령의 물음에 상사가 무거운 표정으로 고개를 저었다.

"아까 좀비들이 나타났다는 얘기를 듣고는 이리로 와서 막무가내로 문을 열어 달라고 합니다."

"안쪽으로 이동은 안 된다고 애초부터 얘기했잖아."

중령의 호통 섞인 대답에 상사가 생존자들을 내려다보면서 대답했다.

“그게, 겁을 먹어서 그런지 말이 안 통합니다. 뒤쪽에 헬기장이 있는 거 다 안다면서 자기들을 빨리 대피시켜 달라고 요구하는 중입니다. 처음에는 노인 한 명이 와서 얘기하다가 나중에는 모두 다 몰려와서 이 난리를 피우고 있습니다.”

그사이 우리도 구해 달라는 생존자들의 외침이 구호처럼 들려왔다. 상사가 건네준 확성기를 든 중령이 생존자들에게 말했다.

[김익선 중령입니다. 방금 좀비들을 물리쳤고, 탄약과 무기는 충분합니다. 그러니 너무 무서워하지 마시고, 진정하십시오. 여러분이 이렇게 소란을 피우면 군인 장병들이 싸우는 데 큰 지장이 있습니다.]

중령의 얘기가 끝나자 제일 앞에 있던 노인이 입을 열었다. 아까 장현우에게 근정문 너머에 대해서 말해 주었던 바로 그 노인이었다.

“중령님, 군인들이 우리를 지켜 주려고 애를 쓰는 건 잘 알고 있습니다. 하지만 여긴 서울 한복판이고, 좀비들이 언제 떼로 몰려올지 모릅니다. 우리 모두를 대피시켜 달라는 건 아닙니다. 제발 아이들만이라도 대피시켜 주십시오.”

노인의 간곡한 호소에 중령은 잠시 할 말을 잃었는지 우두커니 서 있었다. 하지만 곧 확성기를 움켜잡고 말했다.

[대피 작전은 준비 중입니다. 지금은 일단 이곳을 지키는 게 우선이라 성급한 대피는 혼란을 초래할 뿐입니다.]

중령의 완곡한 거절에 노인은 한 걸음 더 계단을 올라와서 고개를 숙였다.

"무슨 뜻인지 잘 압니다. 하지만 바깥에서는 계속 총소리가 들려서 다들 겁에 질려 있습니다. 정 안 되면 근정문 안으로 들어가게 해 주시면 안 되겠습니까?"

[안 됩니다. 안에는 중요한 군용 물품들이 있어서 민간인들의 출입이 금지되어 있습니다.]

중령의 거듭된 거절에 마침내 노인이 목소리가 높아졌다.

"아니, 군인이면 우리를 지켜 줘야지 안 된다는 소리만 하면 어찌합니까? 이러다 좀비들이 넘어오면 우린 다 죽습니다. 죽어요."

[군인들은 목숨을 걸고 여러분을 지키고 있습니다. 좀비들이 여러분을 죽이려면 군인들을 먼저 죽여야만 합니다. 저는 여러분이 부럽습니다.]

울컥한 중령이 마이크를 떼고 잠시 헛기침을 하고는 다시 말했다.

[제 아내와 아들은 현재 연락이 되지 않습니다. 왕십리의 요양 병원에 있는 어머니도 소식이 끊겼고 말입니다. 지금 가족들을 찾고 싶다고 탈영을 불사하겠다는 병사들을 다독거리는 중입니다. 불안하고 힘든 건 잘 알지만, 모두가 겪는 일입니다.]

중령의 얘기를 들은 노인의 표정이 험악해졌고, 생존자들 역시 격앙된 반응을 보였다. 그걸 본 장현우가 이서영의 손을 잡았다. 중령 역시 그런 분위기를 눈치챘는지 허리에 차고 있던 권총이 든 홀스터에 손을 올렸다. 노인 옆에 있던 중년 남성이 주먹을 불끈 쥐고 생존자들에게 외쳤다.

“거 보십시오. 우리는 그냥 방패막이일 뿐이라고요. 있는 놈들은 이미 다 헬기 타고 떠난 게 분명합니다, 여러분.”

그의 말에 많은 생존자들이 동조하는 눈치였다. 중령은 말없이 확성기를 상사에게 건넸다. 그리고 홀스터에서 뺀 권총을 하늘로 겨누고 한 발 발사했다. 짧은 총소리가 들리자 다들 움찔했다. 중령이 확성기 없이 외쳤다.

“마지막 경고입니다. 뒤로 물러나십시오. 더 이상 집단행동을 하면 여러분을 지켜 드릴 수 없습니다.”

생존자들은 서로의 얼굴을 바라보면서 웅성거렸다. 장현우가 보기에는 쉽게 물러날 것 같지 않았다. 중령 역시 긴장했는지 목울대가 크게 떨리도록 마른침을 삼켰다. 그때 생존자들을 지켜보던 이서영이 갑자기 확성기를 잡고 외쳤다.

[여러분, 설사 근정문 안으로 들어간다고 해도 좀비들이 넘어오면 소용이 없습니다. 차라리 군인들을 도와서 좀비들을 물리치는 데 힘을 보태는 게 훨씬 유리합니다.]

장현우는 이서영을 바라보면서 제법이라는 표정을 지었다. 심호흡을 한 이서영이 계속 말을 이어 갔다.

[좀비들이 밖에서 호시탐탐 노리는데 안에서 우리끼리 이러면 아까운 총알만 낭비됩니다. 아까도 굉장히 위험했습니다.]

이서영의 말에 생존자들의 동요는 눈에 띄게 가라앉았다. 노인 옆에서 화를 부추기던 중년 남성은 여전히 불만스러운 얼굴로 뭔가 말을 하려고 했지만 눈치 빠른 상사가 몇 명의 병사들과 함께 눈에 안 보이는 곳으로 끌고 갔다. 노인이 믿겠다는 말을 남기고 돌아서서 생존자들에게 그만하자고 말했다. 그러자 술렁거리던 생존자들도 하나둘씩 흩어졌다. 한숨을 돌린 중령이 무전병에게 건네받은 무전기에 대고 말했다.

"두 명 더 찾았습니다."

그러고는 두 사람을 내려다봤다.

"따라와라."

중령이 근정문의 작은 쪽문으로 들어갔다. 중령의 갑작스러운 태도에 놀란 장현우는 이서영을 바라봤다. 하지만 이서영은 무표정하게 따라갔다. 근정문 안쪽에는 정전인 근정전이 있었는데 그 앞의 월대는 헬리콥터와 틸트로터기가 착륙할 수 있는 헬리패드로 개조되어 있었다. 그 위에는 소형 틸트로터기 한 대가 착륙해 있었다.

"저건?"

장현우가 중령을 바라보며 중얼거렸다. 중령은 무표정하게 그 앞까지 가서는 헬리패드로 올라가는 계단을 가리켰다.

"올라가라, 둘 다."

장현우가 여전히 머뭇거리자 중령이 그의 어깨에 손을 올렸다.

"너희 둘에게 기회를 주는 거다. 그러니까 어서 가."

기회라는 의미가 지금 세상에서 어떤 뜻인지 알아차린 장현우가 중령을 올려다봤다.

"고맙습니다."

중령이 창백한 표정으로 웃었다.

"너는 꼭 어른이 돼라."

그러면서 옆에 있던 이서영에게도 말을 건넸다.

"아까 네 덕분에 위기를 넘겼다. 너도 살 자격이 있어."

“남은 사람들은요?”

이서영의 물음에 중령은 아무 대답도 하지 않고 돌아서서 근정문 쪽으로 걸어갔다. 예상 밖의 상황에 놀라서 둘 다 그대로 서 있는데 뒤쪽에서 목소리가 들렸다.

“얘들아? 안 탈 거냐?”

고개를 돌리자 틸트로터기의 출입구에 양복 차림의 젊은 남자가 앉아 있는 게 보였다. 눈을 가린 선글라스를 벗자 눈빛이 날카롭게 빛났다. 돌아선 이서영이 물었다.

“누구세요?”

“내가 누구냐고? 타면 알려 줄게. 아까 비상사태라서 출발하려고 했는데 두 명 더 있다고 해서 기다렸단다.”

미쳐 날뛰는 좀비들 때문에 세상이 멸망 일보 직전까지 온 상황이지만 선글라스를 낀 남자는 너무나 태연해서 이질적으로 보일 정도였다.

광화문 쪽에서 다시 총소리가 들려왔다. 장현우가 계단을 하나 올라가자 이서영도 따라서 올라왔다. 결국 둘은 헬리패드로 올라가서 틸트로터기에 몸을 실었다. 두 사람이 타자 선글라스를 도로 낀 남자가 헤드셋을 쓰고는 출발하라는 지시를 내렸다. 곧 프로펠러가 도는 소리가 거세지더니 천천히 허공으로 올라갔다. 어느 정도 올라간 틸트로터기는 남쪽으로 방향을 틀어서 이동했다.

장현우는 고개를 내밀고 경복궁 쪽을 내려다봤다. 주변에 좀비들이 새까맣게 몰려든 가운데 총에서 발사되는 불꽃들이 번쩍거리고 폭탄 같은 게 터지면서 나는 연기와 불꽃이 주변에 꽃처럼 피어났다. 하지만 몰려드는 좀비들의 숫자는 더 많아졌고, 불꽃들의 숫자는 차츰 줄어들고 있었다. 자신을 구해 준 중령과 상사, 그리고 다른 병사들의 운명을 떠올린 장현우는 아무 말도 못한 채 눈물을 흘렸다. 그런 장현우에게 출입문에 걸터앉은 선글라스를 쓴 남자가 말했다.

"어쩔 수 없는 일이야."

지상을 내려다보고 있던 장현우는 그 말을 듣고 울컥했다.

"저기 얼마나 많은 사람들이 있는지 아세요?"

장현우의 반박에 선글라스를 쓴 남자가 혀를 찼다.

"울거나 슬퍼한다고 상황이 바뀌는 건 아니야. 냉정하게 계산해서 포기할 건 포기하고 살릴 건 살려야지."

"뭘 포기하고 뭘 살리는 건데요?"

장현우는 광화문 앞에서 자신을 살리기 위해 희생한 아버지와 무뚝뚝하면서도 임무를 성실히 수행하는 중령과 상사를 떠올리며 화를 냈다. 그러자 바람을 맞아서 헝클어진 앞머리를 손으로 쓸어넘긴 남자가 손가락으로 지상을 가리켰다.

“저건 버리거나 포기해야 하는 거고.”

그리고 다시 손가락으로 두 사람을 가리켰다.

“너희들은 살려야 하는 거지.”

“우리가 왜요?”

듣고 있던 이서영이 끼어들자 남자가 낄낄거리며 말했다.

“용감하니까. 지금 같은 시대에 더없이 필요한 존재란다.”

이서영이 장현우를 바라보면서 반문했다.

“우리가 필요하다고요?”

고개를 끄덕거린 남자가 바깥을 바라보았다.

“그래, 세상이 미쳐 돌아가면 돈이 많거나 컴퓨터를 잘 다루는 것 같은 재능 따위는 필요 없어. 강단과 배짱이 있으면서도 생존 본능보다는 싸우겠다는 마음을 가진 사람이 더 필요하지.”

“그게 우리라고요?”

장현우의 물음에 남자가 쓰고 있던 헤드셋을 벗으며 대답했다.

“맞아. 어차피 곳곳에 만들어진 대피소들은 미끼에 불과해.”

“미끼요? 좀비들의 먹잇감이라는 얘긴가요?”

“안타깝지만 그래. 나흘 전 나타난 좀비들은 엄청난 속도로 증

가하고 있어. 남북한 합쳐서 인구가 9천만인데 지금 멀쩡한 사람은 100분의 1도 안 될 거다."

"정말이요?"

놀란 이서영이 눈을 동그랗게 뜨고 묻자 남자가 고개를 기울인 채 둘을 바라봤다.

"우리뿐만 아니라 전 세계에 좀비가 갑자기 나타났어. 아무런 징조나 예고도 없이 말이야."

"전염병 같은 게 퍼진 건가요?"

장현우의 물음에 남자는 고개를 저었다.

"처음에는 아르테미스 독감의 변종인 줄 알았다. 하지만 그게 아니었어."

"그럼 무슨 이유로 사람들이 갑자기 좀비로 변해 버린 거죠?"

남자가 어깨를 으쓱거렸다. 그러자 듣고 있던 이서영이 말했다.

"아버지는 슈퍼 링크에서 나온 X 제너레이터 때문이라고 하셨어요."

이서영의 말에 잠깐 놀란 표정을 짓던 남자가 잠시 후 고개를 저었다.

"한 가지 원인이긴 하지만, 그게 전부는 아니란다."

"그럼요?"

대답을 하려던 남자는 잠깐 기다리라는 손짓을 하고는 헤드셋을 도로 썼다. 그러고는 표정이 어두워진 채 헤드셋에 달린 마이크를 잡고 외쳤다.

"T-1 기지가 손실된 거 같아. B-12로 이동할 수 있겠나? 간당간당하다고? 다른 방법이 없으니까 그곳으로 이동해."

잠시 후, 틸트로터기가 방향을 살짝 틀었다. 툭 튀어나온 관측창을 통해 아래를 내려다보자 해안선을 따라 남쪽으로 내려가는 게 보였다. 큰불이 일어났는지 육지 곳곳에서 검은 연기가 피어올랐다. 장현우와 같이 지상을 내려다보던 이서영이 물었다.

"우린 어디로 가나요? 제주도?"

"거긴 진즉에 좀비들 천국이 되었어. 비상시를 대비해서 만든 기지로 이동 중이야. 원래 가려던 곳은 아니지만 말이야."

장현우가 이서영의 질문에 대답한 남자에게 재차 물었다.

"좀비들은 왜 갑자기 나타난 거죠? 전염병이라면 퍼질 시간이라도 있어야 했는데요."

"현재 분석 중이지만, 몇 가지 원인이 겹친 것 같아."

"몇 가지가 겹쳤다고요? 그럼 자연스러운 일이 아니란 말인가요?"

"맞아. 아직은 다들 반신반의하지만, 나는 이게 누군가가 오랫동안 준비한 음모라고 생각해."

"좀비들이 나타난 게 누군가의 소행이라고요?"

남자의 대답이 믿기지 않은 장현우는 이서영을 바라봤다. 이서영 역시 믿기지 않는다는 표정으로 장현우를 쳐다봤다. 그러자 남자가 머리에 쓴 헤드셋을 만지작거리면서 말했다.

"X 제너레이터가 사람들의 두뇌에 영향을 끼친 건 사실이야. 첫날 잡은 좀비의 두뇌를 해부했더니 전두엽이 거의 파괴되어 있었어."

남자가 손으로 이마를 가리켰다.

"여기가 전두엽이 있는 곳이야. 그러니까 감정을 조절할 능력이 사라졌다는 거지."

"그래서 다른 사람을 공격했다는 말인가요?"

"그건 설명이 되는데, 결정적인 부분이 하나 걸려."

"뭐가요?"

"전염된다는 거 말이야. 물린 사람이 좀비가 되어서 다른 사람을 공격한다는 부분에 대한 설명이 부족해."

"피나 체액을 통해 감염되어서 공격성이 전파되는 거 아닐까요?"

이서영이 끼어들자 남자가 여전히 고개를 기울인 채 대답했다.

"타인에 대한 공격성을 드러내는 건 그렇다 쳐도 물리면 감염이 되어서 공격성이 그대로 전파된다는 건 의학이나 다른 부분으로 설명이 안 되고 있어. 거기다 결정적인 건."

얼굴을 찌푸렸던 남자가 덧붙였다.

"물리고 나면 심정지를 비롯해서 생체 활동이 중단돼 버려. 그러니까 심장이 멈춘다는 거지."

"그러면 못 움직이는 거 아닌가요?"

"맞아. 설사 움직인다고 해도 오랫동안 움직이는 건 불가능해. 심장이 멈춰서 피가 돌지 않으면 부패가 시작되니까 말이야. 그런데 부패는 진행이 되어도 계속 활동을 하지. 팔다리가 떨어져 나가거나 배에 구멍이 나서 내장이 다 빠져나가도 움직이거나 심지어 기어 다니기까지 해."

남자의 얘기를 들은 장현우는 얼굴을 찡그렸다. 광화문까지 오면서 마주쳤던 좀비들의 끔찍한 모습이 떠올랐기 때문이었다.

"죽은 상태에서 움직였다는 얘긴가요?"

"맞아. 그래서 고통을 느끼지 못한 거지. 만약 고통을 느꼈다면 진즉에 소탕되었을 거야. 하지만 그걸 느끼지 못하니까 군인들이 쏘는 총알에 맞는 걸 두려워하지 않지."

"광화문 앞에서도 그냥 몰려들었다가 군인들에게 죽어 나갔어요."

"중령의 보고로는 마치 탄약을 소모시키기 위해서 축차적으로 공격하는 것 같다고 하더군."

남자의 얘기를 들은 이서영이 물었다.

"좀비들이 그런 작전을 짤 만큼 지능이 있다는 얘기잖아요."

"좀비들의 두뇌는 파괴된 상태라서 그런 생각을 하지 못해. 그러니까 좀비 하나하나가 머리를 쓰는 게 아니라 마치 누군가의 지시를 받아서 움직이는 거 같거든."

"어쨌든 좀비들이 생각을 하거나 누구의 지시를 받는다는 얘기네요."

이서영의 물음에 남자는 얼굴을 찡그렸다.

"아직까지는 나를 비롯해서 몇 명만 그렇게 주장하고 있어. 대부분은 충격 때문인지 냉정하게 분석할 생각을 안 해."

남자의 얘기를 들은 장현우가 말했다.

"제가 광화문으로 도망칠 때 주변에서 갑자기 좀비들이 나타났어요. 아버지랑 다른 생존자들이 모두 희생되었고 저만 살아남았죠. 광화문에 있던 상사님은 마치 매복한 거 같았다고 했고, 탄약을 소모시키려고 일부러 공격하는 것 같다고도 했어요."

"나도 보고를 받았다. 대응을 하려면 분석을 해야 하는데 다들 정신이 없어서 우왕좌왕하고 있어. 해외로 도피할 생각이나 하고 말이야."

"다른 나라는 어떤데요?"

"우리랑 비슷하거나 더 심해. 몇몇 나라는 아예 정부가 붕괴되어 버렸고, 도시를 벗어나서 깊은 산속이나 외딴곳으로 피하고 있단다."

"그래도 살아남는 사람들이 있긴 하군요."

장현우가 다행이라는 말투로 얘기하자 남자가 굳은 표정을 지었다.

"그렇게 사는 건 사는 게 아니란다."

남자의 격한 반응에 장현우가 물었다.

"왜요?"

"인간이 문명을 이룬 건 도시를 건설했기 때문이다. 도시가 만들어지고 거기에 모인 사람들이 과학을 발전시키면서 오늘날의 문명을 이룬 거지. 그런데 도시가 파괴되고 사람들이 흩어지고 있어. 좀비 때문에 다시 모이지 못한다면 인간들은 그냥 살아갈 뿐이란다. 그건 사는 게 아니야, 연명하는 것에 불과하지. 시간이 지나면 그냥 부스러져 버릴 거다."

"그래도 다시 문명을 일굴 수 있지 않을까요? 시간이 좀 걸리겠지만요."

"말했잖아."

짜증이 난 표정을 지은 남자가 덧붙였다.

"좀비들을 피해 다녀야 해서 도시를 만들 수 없어. 그러면 문명은 사라지게 되어 있어. 그렇게 되면 인간들은 멸종되는 거다. 공룡처럼 말이야."

그 정도까지 생각해 보지 못했던 장현우는 남자의 말에 얼떨떨해했다. 듣고 있던 이서영이 물었다.

"우연의 일치일까요? 아니면……."

이서영이 말을 끝맺지 못하자 남자가 대신 대답했다.

"우연의 일치라고 보기에는 너무 잘 짜여 있어. 어떤 미친놈이 배후에 있는 게 분명해."

확신에 찬 남자의 말에 장현우는 이서영을 바라봤다. 이서영 역시 같은 생각이라는 듯 고개를 끄덕거렸다. 얘기를 주고받는 사이, 틸트로터기가 기수를 숙이고 하강하기 시작했다. 아래를 내려다보니 망망대해 가운데 석유 시추 기지 같은 게 보였다. 양쪽으로는 커다란 배가 나란히 붙어 있었고, 조금 떨어진 바다에는 크고 작은 배들이 떠 있었다. 장현우와 이서영이 놀란 눈으로 바라보자 남자가 헤드셋을 벗으면서 말했다.

"서해 7광구에 온 걸 환영한다."

"저거 석유 시추 기지 아닌가요? 중국이랑 공동으로 만든 거라고 들었는데요."

"지금은 B-12라고 불리고 있지. 대피소 겸 분석 기지로 쓰이고 있단다. 아직 좀비들이 바다를 건너온다는 얘기는 못 들었거든."

남자와 얘기를 나누는 사이, 그들을 태운 틸트로터기는 천천히 하강을 했다. 그리고 석유 시추 기지의 헬리패드에 내렸다. 프로펠러가 멈추자 기다리고 있던 양복 차림의 남자와 여자들이 다가왔다. 출입구에 걸터앉아 있던 남자가 천천히 일어나서 밖으로 나가자 그들이 다가와 고개를 숙였다. 제일 앞에 서 있던 키 큰 여자가 말했다.

"어서 오십시오, 분석관님."

"별일 없었어?"

"보고드릴 게 많습니다."

분석관이라고 불린 남자가 출입구에 어정쩡하게 서 있는 둘을 바라봤다.

"요원으로 키울 아이들이야."

"일단 센터로 가시죠. 통신이 한 시간 전부터 전부 두절되었습니다."

보고를 받은 분석관의 표정이 어두워졌다.

"원인은?"

"위성과의 연결에 문제가 생긴 것 같습니다만, 정확한 이유는 모르겠습니다."

대답을 들은 분석관은 통로를 성큼성큼 걸었다. 마중 나온 요원들이 그 뒤를 따랐고, 틸트로터기에서 내린 장현우와 이서영도 뒤를 따라갔다. 계단을 한참 내려가자 군인들이 지키고 있는 긴 통로가 나왔다. 삼엄한 분위기였지만 아무도 분석관과 요원들을 제지하지는 않았다. 그리고 덩달아 뒤따라가는 두 사람 역시 가로막지 않았다. 좁고 긴 통로 끝에는 커다란 문이 있었고, 분석관과 요원들은 그곳으로 들어갔다. 두 아이 역시 별다른 제지를 받지 않고 들어갔다.

"우와."

안에 들어간 장현우는 입을 다물지 못했다. 여러 가지 유니폼을 입은 사람들이 벽에 붙은 수많은 모니터들 앞에 앉아 있었다. 하지만 화면들은 하나같이 꺼져 있었고, 다들 어쩔 줄 몰라 했다. 분석관이 가운데 붙어 있는 대형 모니터 앞으로 다가갔다. 그러자 난감한 표정으로 대형 모니터를 올려다보고 있던 긴 머리 여성이 다급하게 말했다.

"통신이 한 시간째 두절되었습니다."

"위성 링크에 문제가 생긴 건가?"

"안테나와 전선에 이상은 없습니다."

"그럼 원인이 뭐야? 위성 쪽인가?"

분석관의 물음에 긴 머리 여성이 겁에 질린 표정으로 대답했다.

"아무래도 그런 거 같습니다."

대형 모니터를 올려다보던 분석관이 짧게 내뱉었다.

"망할."

그때 대형 모니터가 껌뻑거리더니 켜졌다. 대형 모니터뿐만 아니라 다른 모니터들도 모두 켜지자 다들 안도의 한숨을 쉬었다. 하지만 화면에 이상한 남자가 나타나자 모두 입을 다물지 못했다.

"저게 뭐야?"

이서영의 물음에 장현우는 모르겠다는 표정으로 고개를 저었다. 화면에 나타난 건 대머리에 얼굴엔 온통 두드러기 같은 게 난 중년의 남성이었다. 광기 어린 눈빛과 상처투성이 얼굴이 묘한 조화를 이뤘다. 장현우가 입을 벌린 채 바라보고 있는데 옆에 있던 이서영이 중얼거렸다.

"어디서 본 얼굴인데?"

"저렇게 무시무시한 얼굴을?"

"아니, 멀쩡했을 때."

둘이 얘기를 주고받는 사이, 화면에 나온 상처투성이 남자를 향해 분석관이 물었다.

“네가 우리 통신망을 교란한 거 같은데?”

[물론이지. 다만 단어가 좀 틀렸어. 우리 통신망이라니, 그건 원래 내 거였어.]

“슈퍼 링크가?”

분석관의 물음에 상처투성이 남자가 고개를 끄덕거렸다.

[맞아.]

옆에 있던 키 큰 여자가 귓속말을 속삭이자 분석관이 고개를 끄덕거렸다. 그걸 본 상처투성이 남자가 두 팔을 벌린 채 말했다.

[내 정체가 궁금해? 나는 데이어스 컴퍼니의 남중훈 회장이야. 머리를 밀고 얼굴이 엉망이 되어서 잘 몰랐지?]

“데이어스라면 슈퍼 링크 위성 시스템을 운영하는 곳이군. 대표가 언론에 한 번도 모습을 드러내지 않은 걸로 알고 있었는데.”

[몰골이 이 모양이라서 말이야. 그래도 나는 운이 좋았어. 내 아들은 살아남지 못했거든.]

“아르테미스 독감 말이군. 내 어머니도 그때 돌아가셨어.”

잠깐 동안 정적이 흘렀다. 그러다 상처투성이 얼굴을 한 남중훈 회장이 말했다.

[내 아들은 아무 죄가 없었어. 빌어먹을 전염병이 한창 커야

할 내 아이를 죽였지. 그리고 나는 진실을 깨달았어.]

"무슨 진실?"

[강대국들이 아르테미스 독감을 정략적으로 이용했다는 사실을 말이야. 연금을 지급해야 하는 노령층을 줄이고, 추격해 오는 개발 도상국들에게 막대한 비용을 안겨 주기 위해서.]

남중훈 회장의 얘기를 들은 장현우는 어린 시절, 아르테미스 독감이 퍼졌을 때 인터넷에서 봤던 음모론들을 떠올렸다. 몇몇 강대국들이 자신들을 추격하는 개발 도상국들을 파산시키기 위해 일부러 아르테미스 독감의 백신 개발을 늦췄다는 것이다. 남중훈 회장의 말에 분석관이 반발했다.

"대처가 미흡했을 수는 있지만, 일부러 그러지는 않았어. UN에서도 이미 조사를 충분히 했다고."

[빌어먹을 UN! 거기 상임 이사국이 어딘지 알면서도 그런 얘기를 해? 어쨌든 그 사실을 접하고 나는 한 가지만 생각했어. 이 빌어먹을 세상을 망하게 만들어 버리겠다고 말이야.]

남중훈 회장의 말에 모니터를 보던 요원들이 술렁거렸다. 그런 그들에게 진정하라는 손짓을 한 분석관이 물었다.

"너무 급발진한 거 아니야? 설사 그 말이 맞다고 해도 정치가들 잘못이지, 왜 세상을 망하게 해?"

[다 똑같으니까, 나쁜 짓을 할 기회가 오면 서슴지 않고 나쁜 짓을 하고도 남는 게 인간이니까. 내가 손에 넣은 자료 중에 아프리카의 한 나라 총리가 독일 총리와 통화한 내용이 있어. 비밀을 지켜 줄 테니까 돈과 자신이 마음대로 쓸 수 있는 백신을 넘겨달라고 하더군. 그리고 그 백신을 자기 지지자들에게만 접종시켰지. 빌어먹을, 내 아들이 그런 놈들 농간에 죽었다고 생각하니까 피눈물이 나더군. 그리고 내 아들이 사경을 헤매는 걸 두고 비웃는 놈들도 있었지. 내 아들이 그냥 부자 아버지를 두었다는 이유만으로 미워하고 증오하던 놈들 말이야.]

분석관은 남중훈의 말에 반박했다.

"고작 인터넷에 달린 댓글을 가지고 그러는 건 너무하잖아."

[한둘이 아니었으니까. 나중에는 아예 놀이처럼 되어 버렸더군. 매일 와서 오늘도 살아 있느냐는 댓글을 달았던 놈들…… 견디다 못해 고소했더니 적반하장으로 부자가 가난한 사람을 괴롭힌다고 큰소리를 치더군. 댓글을 달았던 무수히 많은 놈들과 거기에 동조하던 자들도 마찬가지고. 나는 인간의 밑바닥을 봤어.]

남중훈의 얘기를 듣던 이서영이 장현우에게 속삭였다.

"프랑켄슈타인 같아."

분석관 역시 비슷한 생각을 한 것 같았다.

"안타까운 일이긴 하지만, 죽음은 죽음일 뿐이야. 그걸 되돌릴 수는 없어."

[맞아. 되돌리는 건 불가능하지. 아들을 치료하기 위해 연구를 하다가 인간의 전두엽에 특정 주파수의 전자파를 오랫동안 노출시키면 감정이 사라지고 공격성이 늘어나는 재미나는 사실을 발견했지.]

남중훈의 얘기를 들은 분석관의 표정이 굳어졌다.

"네 소행이군, 슈퍼 링크에서 발산하는 전자파로 사람들의 전두엽을 파괴해서 좀비로 만든 게."

[물론, 전자파만 쓴다고 되지는 않았어. 어쨌든 그걸로 나는 좀비들을 만들 수 있었고, 내 마음대로 조종할 수 있게 되었지. 덕분에 내 외모가 좀 망가지긴 했지만 말이야.]

좀비들을 조종한다는 얘기에 경복궁 대피소에서 겪었던 일들이 떠오른 장현우가 움찔했다. 분석관은 잠깐 침묵을 지키다가 고개를 저었다.

"전두엽이 파괴되긴 했지만, 좀비들이 모두 네 명령을 받는다는 건 말이 안 돼."

[믿음을 가져 보라고, 분석관.]

"세상을 멸망시킨다고 큰소리친 사람이 할 말이 아닌 거 같은데?"

분석관의 반박에 남중훈 회장이 크게 웃었다.

[유머 감각이 있다는 정보가 사실이었군. 그래, 못 믿는 건 사람들의 특징이긴 하지.]

그러면서 다시 화면이 바뀌었다. 드론이 공중에서 찍은 것처럼 보였는데 익숙한 모습을 본 장현우는 저도 모르게 소리를 지를 뻔했다. 이서영이 재빨리 입을 틀어막아 준 덕분에 소리를 지르지 않을 수 있었다.

영상으로 보인 것은 광화문의 문루였다. 주변에는 좀비의 시신들이 가득했다. 문루 위에는 중령을 비롯해서 군인들 몇 명과 소수의 생존자들만 남아 있었다. 그들이 떠난 직후 좀비들의 공격을 받고 대부분 죽거나 좀비가 되어 버린 게 분명했다. 문루 주변에는 수많은 좀비 무리들이 모여 있었다. 그런데 으르렁거리고 이빨을 딱딱거리기는 해도 마치 명령을 기다리는 것처럼 서 있었다. 그걸 본 분석관이 살짝 어금니를 깨무는 게 장현우의 눈에 보였다. 남중훈 회장이 그런 분석관에게 말했다.

[좀비들이 내 명령을 얼마나 잘 듣는지 알려 주지. 그걸 위해서 공격하지 않고 남겨 둔 거야.]

잠시 후, 좀비들이 움직이기 시작했다. 문루에 남은 병사들은 중령의 명령에 따라 발포했다. 계단을 오르던 좀비들이 수없이 굴러떨어졌다. 수류탄이 터지면서 계단 아래 있던 좀비들의 몸이 산산조각 나 버렸다. 하지만 좀비들은 멈추지 않고 계단을 올라갔다. 그러면서 총성은 조금씩 잦아들어 갔다. 결국 총성이 모두 멈췄다. 기분 나쁜 정적이 한참 흐른 후에 상공에서 찍고 있던 드론이 점점 아래로 내려갔다.

드론이 보여 주는 화면이 문루의 처마 아래를 비추자 지켜보던 요원들의 표정이 굳어졌다. 장현우 역시 마찬가지였는데, 좀비들이 저항하던 군인과 생존자들의 목을 뜯어서 손에 들고 있었던 것이다. 피가 뚝뚝 떨어지는 머리들 중에는 장현우를 구해주고 이곳으로 보내 준 중령도 포함되어 있었다. 좀비들은 마치 지시를 받은 것처럼 일제히 머리를 들고 있던 손을 놨다. 그러자 머리는 아래쪽으로 떨어졌다. 다시 화면이 바뀌고, 남중훈 회장이 모습을 드러냈다.

[모든 좀비들은 내 명령을 따르게 되어 있어. 정확하게는 나와 같은 두뇌를 공유하고 있지. 그러니까 지시를 내리기 위해 어떤 절차를 거칠 필요가 없고, 그들이 보는 건 내가 바로 볼 수 있다는 뜻이야. 너희들에게 안전한 곳은 이제 더 이상 없어. 아! 우주도 안심하지는 말라고, 내가 띄운 위성이 6만 개가 넘거든.]

화면이 다시 바뀌고 지구가 보였다. 붉은 점 같은 게 보이더니 점점 더 커졌다. 그것의 정체는 날개가 달린 로켓이었다. 그걸 본 이서영이 중얼거렸다.

"중국에서 쓰는 우주 왕복선 서복이네."

두 개의 우주선은 지구를 벗어나는 중이었다. 그런데 주변에서 갑자기 작은 위성들이 하나둘씩 나타나기 시작했다. 그리고 자세 제어 로켓을 이용해서 가속을 했다. 두 개의 우주선은 이리저리 피하려고 했지만 얼마 가지 못해 위성들에게 난타당하면서 파괴되었다. 파괴되는 우주선을 비추던 화면이 갑자기 빨라지면서 다가갔다. 그리고 조종실을 정확하게 노렸는데, 마지막 화면에는 다가오는 화면을 보고 놀란 조종사의 모습이 어렴풋하게 잡혔다. 충돌 직전 화면이 바뀌고 다시 남중훈이 모습을 드러냈다.

[이제 세상은 나와 좀비의 것이야. 비열하고 잔인한 인간의 시대는 저물고 말 거야.]

분석관은 팔짱을 낀 채 남중훈을 바라봤다. 화면이 다시 바뀌면서 지구 곳곳에 있는 대피소들의 모습이 보였다. 수많은 좀비들이 대피소를 향해 공격하고 있었다. 잠시 후, 곳곳에서 절망적인 외침이 들렸다.

[개마 고원 기지가 함락 직전이라고 합니다!]

[파주 제3군단 본부 연락 두절입니다!]

[신의주 대피 벙커에 대규모 좀비들이 접근 중이라는 보고입니다.]

여기저기서 외침이 들려오는 가운데 남중훈이 외쳤다.

[나는 이제 좀비들의 왕이다! 세상을 지배하고 인간들을 멸종시킬 것이다!]

그의 외침을 들은 분석관이 통신을 끊으라는 손짓을 했다. 요원 중 한 명이 레버를 내리자 화면 전체가 꺼지고 통신이 중단되었다. 그러자 몇몇 요원들이 그를 돌아봤다. 그중 한 명이 외쳤다.

"구조 부대를 보내야 하지 않습니까?"

"무슨 수로? 가지고 있는 틸트로터기랑 헬기는 이제 부속이랑 연료 체크해 가면서 써야 해. 탄약이랑 병력은 여기 지키기도 부족하고 말이야."

"그래도."

"놈들이 우릴 유인하려는 수작이야. 감정적으로 굴지 말라고!"

분석관의 외침에 목소리를 높이던 요원이 고개를 숙였다. 대형 모니터 앞에 선 분석관이 요원들을 바라봤다.

"며칠 사이에 세상이 완전히 변했다. 정부는 사라지고 군대는 붕괴되었다. 인간들은 대부분 좀비로 변했는데, 우린 왜 그렇게 되었는지 이유조차 알 수 없어. 그리고 좀비를 만든 미친놈은 영화에 나오는 것처럼 세상을 정복하겠다고 날뛰고 있어. 우리가 뭘 해야 할까?”

주먹을 치켜든 분석관의 물음에 다들 꿀 먹은 벙어리가 되었다. 그러자 분석관이 넥타이를 풀어 헤친 채 말했다.

“버텨야지. 좀비가 되지 않게 버티면서 놈의 약점을 찾는 거다.”

“하지만 놈의 약점을 어떻게 찾습니까?”

아까 얘기했던 요원의 물음에 옆에 있던 장현우와 이서영이 거의 동시에 중얼거렸다.

“좀비들의 왕을 죽여야지.”

그들을 바라본 분석관이 차갑게 웃었다.

“세계를 지배하겠다는 저 바보 같은 놈은 자기 입으로 약점을 얘기했다. 자신과 좀비들의 뇌가 연결되어 있고, 자유자재로 명령을 내릴 수 있다고 했어. 그게 무슨 뜻일까?”

분석관의 물음에 요원들은 아무 대답도 하지 못했다. 그러자 분석관이 큰 목소리로 말했다.

“놈을 죽이면 된다. 좀비들의 왕을 죽이면 좀비들은 모두 끝장나는 거야.”

“그게 가능할까요?”

요원들 중 한 명의 물음에 분석관이 답답하다는 표정을 지었다.

"아까 놈이 보여 준 영상을 떠올려 봐. 좀비들이 기다렸다가 그의 지시를 받고 군인들과 생존자들을 공격해서 몰살시켰어. 그리고 그냥 물어뜯지 않고 목을 잘라서 우리에게 보여 줬지. 좀비들은 명령을 따르고 있는 게 분명해. 그러니까."

분석관이 허리에 손을 올린 채 요원들을 바라보며 덧붙였다.

"좀비들의 왕을 잡으면 이번 상황을 끝낼 수 있다. 수십억의 좀비들과 일일이 싸울 필요 없이, 오직 한 놈만 잡으면 이 빌어먹을 지옥 같은 상황을 끝낼 수 있게 되는 거라고!"

분석관의 얘기에 옆에 있던 긴 머리의 여자가 물었다.

"놈을 어떻게 찾을 수 있죠?"

"그걸 지금부터 우리가 해야지. 살아남으면서 놈의 행방을 찾는 거 말이야."

긴 머리의 여자가 다시 물었다.

"가장 먼저 해야 할 게 무엇입니까?"

"일단 이곳의 보안을 강화한다. 놈이 큰소리를 치긴 했지만, 좀비가 배를 몰거나 비행기를 타지 않는 이상 이곳으로 접근하지는 못한다. 그러니까 이곳을 우리의 근거지로 삼을 것이다."

분석관의 대답에 긴 머리의 여자가 한숨을 쉬었다.

"긴 싸움이 되겠군요."

"지면 안 되는 싸움이기도 하지."

긴 머리의 여자와 얘기를 나눈 분석관은 장현우와 이서영을 바라봤다. 두 사람 역시 분석관을 올려다봤다.

남극에서

"그때부터 몇 년이 지났지?"

앞장선 장현우의 물음에 이서영이 잠깐 생각하다가 대답했다.

"12년."

"끔찍하군."

장현우의 대답에 이서영이 슬쩍 웃었다.

"지금까지 살아 있는 게? 아니면 아직 그놈을 못 잡은 게?"

"둘 다."

둘의 대화는 동굴 천장에 붙어 있던 고드름이 떨어지면서 끝났다. 고드름이 떨어지면서 부서지는 소리에 두 사람을 비롯한 대원들은 거의 반사적으로 경계 태세를 취했다. 앞쪽에 소총을 겨누면서 몸을 낮췄던 장현우는 별다른 기척이 느껴지지 않자 주먹 쥔 손을 들었다. 안전하다는 수신호여서 다들 조심스럽게 몸을 일으켰다. 대열 중간에 있던 대장이 손가락으로 앞쪽을 가리켰다.

"전진, 시간이 없으니까 서둘러야 해."

구불구불한 얼음 동굴에 진입한 열 명의 대원들은 일사불란하게 움직였다. 다들 힘들고 고통스러웠지만 아무도 내색하지 않았다. 그들을 이곳으로 보내기까지 얼마나 많은 사람들이 희생당했는지 잘 알고 있기 때문이었다.

"12년간 많은 일들이 있었지."

허연 입김을 뿜어낸 장현우의 말에 이서영이 짧은 한숨으로 대답을 대신했다. 좀비들이 갑자기 나타나고 일주일 안에 전 세계 인류의 99.9퍼센트가 죽거나 좀비로 변했다. 좀비들의 왕이 인간들이 피난한 대피소와 벙커들을 집중적으로 공격하면서 희생이 더 커졌다. 살아남은 인간들은 바다나 깊은 산속으로 피신해야만 했다. 그 와중에 질병과 굶주림으로 엄청난 희생이 일어났다.

하지만 인간은 끝끝내 적응하는 데 성공했다. 그중에 분석관이라고 불리는 인물이 지도하고 있던 서해 7광구 기지가 있었다. 바다에 둘러싸여 있고, 생존에 필요한 석유를 얻을 수 있기 때문이었다. 좀비들의 왕이 몇 번이고 좀비들을 동원해서 공격하려고 했지만 물속으로 걸어서 오던 좀비는 서해의 강한 해류에 휩쓸려 버렸고, 배를 타고 오던 좀비들은 기지에서 출격한 항공기의 공격으로 무력화되었다.

분석관은 두 사람을 비롯한 생존자들을 훈련시켜서 지상으로 보내 정보를 모으고 물자를 확보했다. 몇 년 전 제주도를 탈환하는 데 성공한 것도 분석관의 능력 때문이었다. 하지만 상황은 계속 안 좋아졌다. 물자가 떨어지고 인원이 줄어들면서 대피소들이 하나둘씩 좀비들의 손에 넘어갔다. 좀비들의 숫자도 많이 줄었지만 인간들이 감당하기에는 아직 버거웠다.

그러면서 남중훈이 어떤 방식으로 좀비들을 만들고 조종했는지가 밝혀졌다. 아르테미스 독감으로 아들을 잃은 그는 인간에 대한 혐오와 증오감을 품었다. 그래서 아들을 부활시키려 하는 동시에 지구상의 인간들을 모두 멸종시킬 계획을 꾸몄다. 그가 보유한 슈퍼 양자 컴퓨터는 핵전쟁을 비롯한 여러 가지 상황을 테스트했다고 한다. 핵전쟁을 벌여도 인류가 생존할 수 있으며, 전염병의 경우에도 백신이 개발되거나 혹은 소규모 집단으로 나눠지면 더 이상 전파가 어렵다는 점이 확인되었다.

그러자 남중훈 회장은 인간들의 폭력성을 이용하기로 했다. 초크라는 약물을 개발해서 전염병에 대비한 백신으로 위장해 사람들에게 접종시켰다. 무료로 접종시킨 데다가 아르테미스 독감으로 인한 피해를 겪었던 사람들은 적지 않게 초크를 맞았다. 하지만 그것은 전두엽을 천천히 파괴시키기 때문에 일시에 많은 사람들을 좀비로 만들 수가 없었다. 그래서 자신이 띄운 슈퍼 링크 위성에서 특정 주파수를 쏴서 초크를 맞은 인간들의 전두엽을 파괴하는 방식을 썼다.

그러기 위해서 몇 년 동안 통신 관련 업체들을 닥치는 대로 사들였다. 그러던 중 자신의 두뇌와 좀비들의 두뇌가 일종의 데이터 링크로 연결된다는 사실을 깨닫고는 스스로 좀비들의 왕을 자처했다. 그리고 좀 더 효율적으로 인간들을 공격할 수 있게 되었다. 일종의 여왕벌 역할을 한 것이다.

마침내 모든 준비를 끝낸 그는 자신이 보유하고 있는 슈퍼 링크 위성의 X 제너레이터를 가동했다. 초크를 맞은 사람들 중에 X 제너레이터와 접촉한 사람들이 최초로 좀비로 변했다. 그리고 그들이 인간들을 공격하면서 좀비들의 숫자는 점점 더 늘어났다. 마치 군대처럼 이동해서 명령에 따라 공격하고 퇴각했다. 그러면서 인간들의 피해는 기하급수적으로 늘어났다.

거기다 한 가지 사실이 더 밝혀졌다. 그는 분석관의 부하들을 비롯해서 생존자들 중에 정보를 아는 인간을 잡으면 알 수 없는 방법으로 정보를 빼내거나 이용했다. 그래서 분석관이 이끄는 서해 7광구의 기지 역시 몇 번 취약점을 파고든 공격을 받았다. 좀비들이 붙잡힌 대원이 조종하는 배에 타고 접근한 적도 있었다. 심지어 항공기를 조종하게 협박하는 경우도 보고되었다.

그래서 분석관을 비롯한 생존자들의 수뇌부는 서둘러 좀비들의 왕을 찾았다. 그가 좀비들을 지휘해 인간들을 공격하면서 피해가 누적되었기 때문이었다. 거기다 좀비들이 몇 년 전부터 동물들을 잡아먹기 시작했다. 생존자들이 식량을 얻는 방법 중에 하나인 사냥을 방해하는 것이었다. 넓은 땅과 물이 안정적으로 공급되어야 하는 농업이 거의 불가능한 상황에서 사냥은 생존자들에게 아주 중요한 식량 공급원이었다.

상황이 악화될수록 분석관을 비롯한 수뇌부는 좀비들의 왕을 찾는 데 혈안이 되었다. 찾아서 제거하기만 하면 좀비들을 무력화할 수 있을 거라고 믿었기 때문이었다. 그게 아니라고 해도 최소한 좀비들을 지능이 없는 살아 있는 시체로 만들 수 있었다. 후자 정도만 되어도 좀비와의 전쟁에서 큰 변화를 가져올 수 있기에 어쨌든 그것이 최우선 목표였다.

"처음에는 못 찾을 줄 알았어."

천천히 전진하던 장현우의 말에 이서영이 짧게 맞장구를 쳤다.

"나도."

넓은 지구상에서 좀비들의 왕을 찾는 건 불가능한 일이었다. 하지만 분석관은 냉철하게 단서를 찾았다. 텔레파시 같은 게 아닌 어떤 방식을 통해서 좀비들과 소통한다고 판단한 것이다. 분석관은 슈퍼 링크 위성을 통해서 그것이 이뤄진다고 봤다. 그래서 슈퍼 링크 위성과 지상을 연결하는 중계소를 하나씩 뒤졌다. 대부분은 비어 있거나 함정이어서 허탕을 쳤다. 그 와중에 막대한 물자와 인명이 소모되었다. 둘 다 생존에 있어서 절대적으로 중요했기 때문에 반발도 적지 않았다. 하지만 분석관의 신념은 흔들리지 않았다.

이런 식으로 계속 생존하는 건 결국 멸망을 향해 가는 길이라는 뜻이다. 좀비들은 보급도 필요 없고, 두려움도 없었다. 거기다 숫자도 많았기 때문에 얼마든지 쏟아부을 수 있었다. 전투에서 패배하고 피해를 입더라도 생존자들을 좀비로 만들면 어느 정도 보충이 가능했다.

하지만 생존자들은 달랐다. 물자는 한정적이었고, 인원은 갈

수록 줄었다. 새로 태어나는 아이들도 적었고, 성인까지 생존하기도 어려웠다. 따라서 좀비들의 공격이 아니라고 해도 생존 집단의 숫자는 계속 줄어들었다. 그러니 여력이 있을 때 좀비들의 왕을 찾아서 없애야만 한다는 게 그의 주장이었다. 그래서 전 세계를 돌면서 좀비들의 왕을 찾아 헤맸다. 대부분의 임무가 엄청나게 위험했다. 한번 투입되면 생존율이 5퍼센트도 안 되었다.

하지만 장현우와 이서영은 그런 위험하고 어려운 작전에 열 번 넘게 뛰면서도 살아서 돌아왔다. 그래서 이번 남극 작전에도 투입되었다. 분석관은 위험 부담이 너무 크다고 걱정했지만 둘은 오히려 만류하는 분석관을 설득했다.

"좀비들의 왕이 진짜 그곳에 있을 수 있잖아요."

기존에 알려져 있던 슈퍼 링크 위성의 지상 중계소는 모두 살펴봤지만 좀비들의 왕은 찾지 못했다. 그러다가 아주 살짝 단서가 드러났다. 슈퍼 링크 위성의 중계소 한 곳에서 통신 중계기가 하나 발견되었는데 발신지를 역추적하자 남극의 버려진 기지가 나왔던 것이다. 다들 좀비들의 왕이 따뜻한 지역에 중계소를 설치하고 지내고 있을 것이라 생각했기 때문에 적지 않게 충격을 받았다. 몇 차례 정찰대를 보내서 유력한 위치를 확인한 분석관은 최정예 병사들을 골라서 보냈다. 대장을 포함해서 모두 열 명이었는데, 그중에는 장현우와 이서영도 포함되어 있었다.

얼음 동굴을 따라 한참을 이동하자 약간 넓은 공간이 나왔다. 거기서 대원들의 상태를 본 대장이 손을 들어서 대열을 멈췄다. 그리고 짧게 말했다.

"잠깐 쉰다. 총기는 손에서 떼지 말도록."

장현우와 이서영은 얼음벽에 등을 기댄 채 주저앉았다. 거의 동시에 한숨을 내쉬고는 머리까지 얼음벽에 기대고 쉬는데 이서영이 물었다.

"여기 좀비들의 왕이 있을까?"

"증거는 차고 넘치지, 믿기지는 않지만."

"나는 대도시 어디쯤에 숨어 있을 줄 알았어."

얼음 동굴의 천장을 올려다보던 장현우가 중얼거렸다.

"나도, 그런데 그 정도는 생각하고 숨었겠지."

"우리가 과연 이 전쟁을 끝낼 수 있을까?"

"돌아가기에는 너무 멀리 왔잖아."

장현우의 대답에 이서영이 고개를 끄덕거렸다.

남극으로 오기 위해 분석관은 마지막 남은 대형 선박을 보내야만 했다. 연료는 간당간당하고 배 상태도 안 좋았다. 이번에는 살아서 돌아가기 어려울 것 같았다. 장현우는 이서영에게 청혼할 계획을 접기로 했다. 오랜 기간 생사고락을 같이하면서 동료라는 느낌을 뛰어넘은 애정이 생긴 이서영에게 간신히 살아난 지난번 부산 작전 때 조만간 청혼하겠다고 말했다. 하지만 쉽사리 결정을 내리지 못했다. 자신이 죽거나 실종되면 그녀가 받을 심리적 고통이 걱정되었기 때문이다. 실제로 부부 중 한 명이 작전 중 죽거나 실종되면 남은 사람이 고통에 시달리다 자살하거나 폐인이 되는 사례가 적지 않았다. 장현우 역시 수많은 동료의 죽음과 좌절을 겪었지만 그래도 좀비들의 왕을 잡아서 이번 전쟁을 끝내겠다는 생각으로 참아왔는데 결국 이렇게 된 것이다.

예상대로 남극의 빙산에 배가 파손되었다. 선원들은 대원들을 태운 보트를 내려 주고 가라앉은 배와 운명을 함께했다. 보트는 겨우 좀비들의 왕이 있는 것으로 추정되는 중계소가 있는 케이슨만의 해안에 도달했다. 최종 목적지는 케이슨만에 있는 버려진 러시아의 남극 탐험 기지였다. 보리스 기지라는 이름이 붙은 이곳은 특이하게도 높은 언덕 위에 있었다. 보통의 남극 기지들이 보급의 필요성과 추위를 피하기 위해 해안가의 낮은 곳에 위치한 것과 달랐다.

어렵게 찾은 러시아 출신의 기술자가 해답을 알려 줬다. 그곳은 둠스데이용 비밀 기지였다. 미국이나 중국과 핵전쟁을 해서 본토가 파괴되면 바다에 있는 전략 핵잠수함에게 관련 정보를 보내 주는 임무가 있는 기지였다. 따라서 전파를 보내기 쉽게 언덕 위에 있어야 했고, 대형 안테나가 있었다.

그것이 바로 남중훈이 데이어스를 운영하면서 비밀리에 기지를 사들여서 두 번이나 쇄빙선을 보냈던 이유라고 분석관은 추정했다. 그리고 그때 옮긴 물건 중에 반영구적으로 에너지를 제공할 수 있는 소형 핵융합로가 있는 걸 확인한 분석관은 그곳에 좀비들의 왕이 있다고 확신을 했다. 직전의 타이중 작전에서 거의 죽을 뻔한 위기를 겪었던 장현우 역시 마찬가지였다.

즉시 팀이 구성되었다. 그리고 온갖 고생 끝에 케이슨만에 도착한 대원들은 추위를 뚫고 보리스 기지로 향했다. 그러다가 러시아인 기술자가 알려 준 동굴을 발견했다. 눈보라가 치는 언덕에서 케이슨만까지 그냥 내려가기 어려워서 얼음 속으로 동굴을 판 것이다. 보리스 기지로 몰래 접근할 수 있었기 때문에 대장은 다소간의 위험을 감수하고 이곳을 이용하기로 했다. 퇴로가 없는 상황이라 굉장히 걱정했지만 다행히 동굴 안에서는 별다른 위험을 만나지는 않았다. 기껏해야 위쪽의 고드름이 갑자기 떨어지는 정도였다. 천장을 올려다보던 장현우에게 이서영이 물었다.

"무슨 생각 해?"

"좀비들의 왕을 만나면 어떻게 없애 버릴까 생각 중이야."

"기회가 올까?"

장현우의 물음에 이서영이 대답했다.

"내가 어떻게든 기회를 만들어 줄게."

"퍽이나."

"어쭈, 많이 컸다."

"그럼, 얼마나 많이 컸는데."

"그래 봤자 이제 결혼하면 나한테 꽉 붙잡혀 사는 거야."

둘이 티격태격하는 사이, 물을 마시고 쉬고 있던 대장이 출발 명령을 내렸다. 힘겹게 몸을 일으킨 장현우가 앞장서서 얼음 동굴을 걸었다. 긴장한 눈으로 앞쪽을 살펴보던 장현우가 투덜거렸다.

"어째, 펭귄 시체도 안 보이는 거야?"

그렇게 몇 걸음 걷는데 고드름이 후드득 떨어졌다. 무심코 위를 바라보다가 떨어지는 고드름을 막기 위해 황급히 손을 들었던 장현우가 뒤쪽의 대장에게 말했다.

"고드름이 많이 떨어집니다. 진동 때문인 거 같습니다."

보고를 받은 대장이 얼음 동굴의 앞뒤를 번갈아 바라봤다.

"뭔가가 접근하면서 진동이 생기는 모양이군."

대장의 얘기가 끝나기 무섭게 뒤쪽에서 괴성이 메아리처럼 들려왔다. 그 소리를 들은 대장이 재빨리 말했다.

"계속 전진해. 부비트랩 설치하고."

크레모아를 가져온 대원 몇 명이 뒤로 빠져서 바쁘게 설치하는 사이, 장현우는 이서영과 함께 나란히 전진했다. 지금 상황에서는 앞쪽의 안전을 확보하는 것이 무엇보다 중요했다. 크르릉거리는 소리가 점점 더 가까이 들려왔다. 뒤쪽에 있던 대장이 누르라는 명령을 내리고, 크레모아가 폭발했다. 거리가 좀 떨어져 있긴 했지만 후폭풍과 함께 눈가루들이 밀려왔다. 고글을 쓰고 손으로 가린 장현우가 이서영에게 외쳤다.

"내 뒤로 와!"

"왜?"

"한 명은 살아서 좀비들의 왕에게 가야 할 거 아니야!"

이서영이 항상 하던 대로 좀비들의 왕이라는 얘기를 듣자 눈을 부라리며 짜증을 냈다.

"그 새끼가 왜 왕이야? 그냥 미친 또라이지."

말을 마치는 것과 거의 동시에 눈앞에 낡은 방한복을 입은 좀비가 나타났다. 장현우는 지체 없이 들고 있던 소총의 방아쇠를 당겼다. 묵직한 총성과 함께 방한복을 입은 좀비가 쓰러졌다. 하지만 그 뒤로도 방한복을 입은 좀비들이 계속 모습을 드러냈다. 장현우는 머리를 겨눈 채 짧게 끊어 쐈다. 그러다가 탄창이 비자 재빨리 외쳤다.

“탄창 비었어.”

그러자 뒤에서 대기하고 있던 이서영이 어깨 너머로 총을 쐈다. 역시 짧게 끊어서 2~3발씩 쐈는데 총알을 최대한 적게 쓰면서 명중률을 높이는 방식이었다. 탄창을 교환한 장현우는 한 쪽 무릎을 꿇은 채 앞쪽을 지켜보다가 이서영이 탄창이 비었다고 외치자 재빨리 앞으로 나가면서 방아쇠를 당겼다. 오랜 시간 훈련을 해서 익힌 사격 방식으로 수십 마리의 좀비들을 쓰러뜨리면서 전진했다. 뒤쪽에서도 다가오는 좀비들을 향해 사격하는 소리가 끊이지 않고 들렸다.

그렇게 총을 쏘면서 전진하는 와중에 동굴을 빠져나왔다. 마지막으로 동굴을 빠져나온 대장이 버튼을 누르자 동굴 안에서 커다란 폭발이 일어났다. 치솟는 불길 속에 좀비들의 잔해가 보였다. 폭발로 인해서 동굴은 완전히 막혀 버렸다. 한숨 돌린 장현우에게 이서영이 어깨를 치며 말했다.

“저쪽.”

이서영이 가리킨 언덕 위에 오래된 기지가 보였다. 콘크리트로 된 외관은 대략 2층 높이였고, 지붕에는 크고 작은 안테나들이 빼곡하게 자리 잡고 있었다. 장현우가 대장에게 말했다.

"보리스 기지 같습니다."

장현우의 얘기를 들은 대장이 배낭에서 소형 전파 탐지기를 꺼내서 안테나를 뽑았다. 그리고 보리스 기지 쪽에 대고 살펴보다가 확신에 찬 목소리로 말했다.

"전파가 발신되고 있어. 이곳에 놈이 있는 게 분명해. 좀비 킹 말이야."

대장의 말에 장현우는 전율을 느꼈다. 10년이 넘는 시간 동안 엄청난 고난과 희생 끝에 목표물 가까이에 접근한 것이다. 그때 이서영이 외쳤다.

"2시 방향에 좀비 접근 중!"

그러자 대원들의 절반이 그 방향으로 총을 겨눴고, 나머지 절반은 다른 방향을 살폈다.

"6시 방향 좀비!"

"9시 쪽에도 나타났습니다."

주변을 살펴본 장현우가 대장에게 말했다.

"숫자가 많지는 않습니다."

"좀비로 만들 사람들이 없었던 것 같군. 빠르게 돌파한다. 둘이 앞장서!"

"예."

앞으로 달려 나간 장현우가 2시 방향에서 접근하는 좀비를 겨누고 있던 이서영에게 외쳤다.

"우리가 선두야. 가자."

"오케이."

둘은 나란히 서서 기지로 접근했다. 곳곳에서 좀비들이 나타났지만 다행스럽게도 눈이 쌓이고 빙판들이 있어서 빠르게 다가오지 못했다. 보리스 기지를 향해 달려가는 대원들은 접근하는 좀비들의 머리를 정확하게 사격했다. 기지는 창문이 없었고, 전면에 작은 철문이 하나 있었다. 먼저 도착한 이서영이 배낭을 내려놓고 안에서 폭발물을 꺼냈다. 그리고 뒤늦게 도착한 장현우에게 외쳤다.

"폭파한다!"

철문 옆의 벽에 붙은 장현우는 눈을 살짝 감았다. 엄청난 폭음과 함께 철문이 찌그러져서 나뒹굴었다. 허리에 차고 있던 택티컬 라이트를 꺼낸 장현우가 안쪽을 살폈다.

"이상 무!"

그러자 이서영이 안으로 들어가서 문 옆의 벽에 붙은 채 주변을 다시 한번 살폈다.

“앞에 계단 있어.”

이서영의 얘기를 들은 장현우가 말했다.

“내가 살펴볼 테니까 대원들 기다려.”

소총을 어깨에 메고 허리에 찬 권총을 뽑은 장현우는 계단 쪽으로 다가갔다. 바닥엔 타일 같은 것이 깔려 있었는데 오랜 시간 방치된 탓인지 깨지고 울퉁불퉁했다. 바닥을 비춰 본 장현우는 계단 쪽으로 가서 위쪽을 살폈다. 계단참까지 아무것도 없는 걸 확인한 장현우는 아래쪽 계단을 비추다가 깜짝 놀라고 말았다.

“젠장!”

연구복 차림의 좀비가 바로 코앞까지 올라와 있었던 것이다. 놀란 장현우는 이빨을 드러내고 물려는 좀비를 발로 걷어찬 다음 바로 이마에 대고 권총의 방아쇠를 당겼다. 뒷머리로 터져 나간 뇌수는 뒤에 있던 또 다른 좀비가 뒤집어썼다. 그 뒤로도 연구복 차림의 좀비들이 줄을 지어서 계단을 올라오려고 했다. 장현우는 권총의 탄창이 빌 때까지 좀비들의 머리를 터트렸다. 그리고 권총의 탄창이 비어 버리기 직전 나타난 이서영이 소총을 난사해서 좀비들을 쓰러뜨렸다. 그녀가 사격을 하는 동안 옆으로 물러나서 택티컬 라이트를 비춰 준 장현우가 외쳤다.

"사격 중지. 모두 없앴어."

한숨을 길게 내쉰 이서영이 물었다.

"괜찮아?"

"응, 아슬아슬했어."

뒤늦게 도착한 대장이 좀비들의 시신이 널브러져 있는 계단 아래쪽을 살폈다. 그리고 벽을 따라 이어진 굵직한 전선들을 살펴보면서 말했다.

"지하에 놈이 있어서 좀비들이 올라왔겠지?"

"그런 거 같습니다."

장현우의 대답을 들은 대장이 돌아서서 대원들에게 말했다.

"마이클과 흥식이가 입구를 맡고, 주학이랑 나카지마가 여기 계단을 맡는다. 내가 지시하기 전까지는 절대로 물러나서는 안 된다."

대장이 지목한 네 명은 굳은 표정으로 고개를 끄덕거렸다. 지하에 있을지 모를 좀비들의 왕을 없애는 동안 나타날지 모르는 좀비들을 막아야 했다. 그러니까 시간을 벌어야 했고, 예정보다 지체되거나 실패할 경우에는 죽거나 좀비가 될 수밖에 없었다. 하지만 출발 전에 이미 각오했고, 훈련도 많이 했기 때문에 다들 반사적으로 자신들의 임무를 이해했다. 배낭을 내려놓은 네 명이 안에서 탄창과 수류탄을 꺼내는 동안 대장이 장현우의 어깨를 쳤다.

"네가 선두다!"

고개를 끄덕거린 장현우는 배낭에서 접이식 방패를 꺼낸 다음 모서리에 택티컬 라이트를 결합했다. 그사이 소총의 탄창을 교체한 이서영이 오른쪽 뒤에 섰다.

"준비됐어?"

장현우의 물음에 이서영이 고개를 끄덕거렸다. 장현우는 방패를 기울여서 계단을 살펴본 다음 아래로 내려갔다. 뒤엉켜 있는 좀비들의 시신을 밟고 내려가자 앞쪽으로 길고 어두운 통로가 이어져 있는 게 보였다. 벽과 천장에 택티컬 라이트를 비춰 본 장현우가 천천히 전진했다. 천장에 맺힌 물이 뚝뚝 떨어지면서 바닥 곳곳에 물이 고여 있었다.

대장이 계단이 끝나고 통로가 시작되는 지점에 한 명을 더 남겨 놨다. 그러면서 이제 통로를 따라 전진하는 인원은 대장을 포함해서 다섯 명이 되었다. 입김이 나올 정도로 추웠지만 장현우는 땀을 흘릴 정도로 긴장했다. 왼쪽으로 살짝 휘어진 통로는 그대로 이어졌다. 장현우의 어깨를 잡고 따라오던 이서영이 중얼거렸다.

"이상해."

"뭐가?"

"너무 쉽잖아. 지난번에 디에고 가르시아섬 기억나?"

"그때는 작정하고 만든 함정이었고."

"아무리 그래도."

그녀의 말이 채 끝나기도 전에 좀비 하나가 튀어나왔다. 기괴한 소리를 내며 덤벼든 좀비를 방패로 막은 장현우가 옆구리에 대고 방아쇠를 당겨서 주춤거리게 한 다음 바로 머리에 대고 쐈다. 머리 옆부분이 날아간 좀비는 벽에 기댄 채 주르륵 쓰러졌다. 쓰러진 좀비를 잠시 바라보던 이서영이 계속 말했다.

"남중훈은 좀비를 다루지만, 그자가 좀비는 아니잖아."

"그렇지."

"그러니까 우리처럼 먹고 마시면서 지내야 하는데, 여긴 통 그런 흔적들이 안 보여."

이서영의 얘기를 들은 장현우는 다시 주변을 돌아봤다. 통로에는 아무것도 없었다. 의혹을 품은 채 계속 전진하는데 갈림길이 하나 나왔다. 대장은 그곳에 한 명을 더 남겨 놓고는 계속 전진하라고 지시했다. 이제는 네 명으로 줄어든 그들은 계속 통로를 걸어갔다. 통로에는 아무런 흔적이 없었고, 오직 천장으로 전선들이 지나가는 흔적들뿐이었다. 바짝 긴장한 대장이 메마른 목소리로 말했다.

"이 파이프의 끝에 놈이 있을 거야."

어둠이 더 깊어지는 가운데 마침내 복도 끝에 문이 보였다. 그걸 본 장현우는 긴장감에 다리가 후들거렸다.

"복도 끝에 문이 있습니다."

장현우의 보고에 대장이 나지막한 목소리로 말했다.

"내부 상황을 모르지만, 다시 이런 기회가 올지 알 수 없다. 폭파시키고 진입한 다음에 닥치는 대로 쏴 버린다. 있는 대로 다 쏟아붓고 그놈은 절대로 놓쳐서는 안 된다."

"네."

짧게 대답한 장현우는 방패를 치켜들고 문으로 전진했다. 천장으로 이어지던 전선 파이프는 문 위쪽의 작은 구멍을 통해 안쪽으로 이어졌다. 문 앞에 도착한 장현우가 멈추자 이서영이 그가 메고 있던 가방에서 폭발물을 꺼내 문에 부착했다. 옆으로 물러설 공간이 없어서 다들 방패를 들고 있는 장현우의 뒤로 물러났다. 권총을 도로 홀스터에 집어넣고 메고 있던 소총을 옆구리에 낀 장현우가 외쳤다.

"폭파!"

뒤에 있던 이서영이 단말기의 버튼을 누르자 폭파가 일어났다. 좁은 통로를 따라 폭발음이 메아리쳤다. 폭발의 충격을 고스란히 받은 문은 천천히 넘어졌다. 안쪽으로 넘어지는 문을 밟고 들어선 장현우는 방패를 버리고 주변을 돌아봤다.

연기를 뚫고 군복을 입은 좀비 하나가 덤벼들었다. 몸을 낮춘 장현우는 곧장 소총의 방아쇠를 당겼다. 드르륵거리는 소리와 함께 목부터 머리가 반으로 갈라진 좀비가 장현우의 발밑에 쓰러졌다. 어둠에 둘러싸인 공간에 좀비들이 괴성을 지르며 다가왔다. 서로를 등진 네 명은 다가오는 좀비들을 향해 총을 쐈다. 탄창이 빈 장현우가 외쳤다.

"탄창 교환!"

그러자 오른쪽에 있던 이서영이 총구를 돌려서 장현우의 앞쪽을 겨눴다. 그리고 탄창 교환을 마친 장현우가 총구를 치켜들자 원래 겨누던 방향으로 돌아섰다. 좀비들이 나타나긴 했지만 사방에서 산발적으로 나타나는 바람에 어렵지 않게 물리칠 수 있었다. 마지막 좀비를 쓰러뜨린 대장이 탄창을 꺼내서 남은 탄환의 숫자를 확인하며 소리쳤다.

"사격 중지!"

그러자 대원들은 사격을 중단했다. 장갑을 벗은 장현우가 이마에서 흐르는 땀을 닦으면서 중얼거렸다.

"너무 마구잡이로 덤벼드는데?"

"그러게."

이서영의 대답을 들은 장현우는 아까 던져 버린 방패에 붙인 택티컬 라이트를 빼냈다. 그리고 바로 앞에 쓰러져 있는 군복 입은 좀비를 비췄다.

"미군 같지?"

장현우의 물음에 그녀가 부츠로 좀비의 손등을 살짝 밟아 보고는 얘기했다.

"그러네. 그리고 좀비가 된 지는 얼마 안 된 것 같아."

"왜?"

"손등이 너무 깨끗하잖아. 5년 정도만 지나면 손등뼈가 보인다고."

"그럼 얼마 전에 잡혀서 이용당하다가 물려서 좀비로 변한 거겠지?"

장현우의 물음에 이서영이 대답했다.

"아마도. 생포한 미군을 여기까지 끌고 왔다면 분명 좀비들의 왕이 여기 있다는 뜻일 거야."

"거의 다 왔네."

떨리는 목소리로 대답한 장현우에게 뒤쪽에 있던 대장이 말했다.

"서둘러. 좀비 킹을 빨리 찾아야 한다."

알겠다고 대답한 장현우는 택티컬 라이트를 소총의 총구에 끼운 채 이리저리 비춰 보다가 전선 파이프를 찾아냈다. 구불구불하게 이어진 전선 파이프를 따라 이동한 장현우는 걸음을 멈췄다. 또 다른 문이 하나 보였기 때문이었다. 전선 파이프가 그곳으로 이어져 있는데 문틈으로 빛이 새어 나오는 게 보였다. 장현우가 그곳을 손가락으로 가리키고는 소총을 겨눈 채 천천히 다가갔다.

문고리가 달려 있었는데 장갑 낀 손으로 슬쩍 돌리자 삐걱거리는 소리와 함께 문이 열렸다. 천장의 조명에서 쏟아지는 빛이 넓은 공간을 비췄다. 사방에 낡고 녹슨 콘솔들이 가구처럼 서 있었다. 굵고 가는 전선들이 거미줄처럼 엉켜서 콘솔로 이어졌다. 내부를 살펴본 대장이 낮은 목소리로 말했다.

"조심해서 수색한다. 흩어져서 살펴봐."

장현우는 이서영과 조심하라는 눈빛을 주고받으며 콘솔 사이로 걸어갔다. 모서리에서 뭔가 튀어나올지 몰라 긴장하면서도 꼼꼼하게 살펴봤다. 하지만 어디에도 좀비는 나타나지 않았다. 좀 떨어진 곳에서 나란히 움직이던 이서영을 힐끔 본 장현우는 콘솔 사이에서 들려오는 소리에 멈칫했다. 장현우가 소총을 겨눈 채 조심스럽게 그곳으로 다가갔다. 하지만 소리의 주인공은 작은 쥐였다. 강한 광선에 놀란 쥐새끼는 콘솔 아래 빈틈으로 쪼르르 사라졌다. 한숨을 돌린 장현우는 계속 앞쪽으로 전진했다. 그러다가 낮게 웅웅거리는 소리를 듣고는 걸음을 멈췄다. 몇 발자국 떨어진 곳에 있던 이서영이 물었다.

"무슨 소리지?"

"기계가 작동되는 소리 같아."

"여기는 예전에 폐쇄되었다고 하지 않았어?"

이서영이 소리가 들리는 쪽을 보면서 말하자 장현우가 고개를 저었다.

"안테나가 가동되고 있고 여기 불도 켜진 걸 보면 누군가 있는 게 분명해."

이런저런 얘기를 주고받으며 전진하던 장현우는 마침내 콘솔들을 빠져나왔다. 그리고 마주친 광경을 보고 할 말을 잃었다. 뒤따라 나온 이서영 역시 놀란 표정을 감추지 못했다. 다른 동료와 함께 마지막으로 나온 대장도 눈앞에 펼쳐진 광경을 보고 할 말을 잃어버리기는 마찬가지였다.

"맙소사."

그들이 본 것은 거대하고 기묘한 것이었다. 원형의 대형 콘솔을 가운데 두고 좌석들이 설치되어 있었다. 그리고 몇 개의 좌석에는 군복 차림의 시체들이 앉아 있었다. 부패 상태는 다르지만 시신들이었다. 소총을 옆구리에 낀 대장이 그중 하나의 시체로 다가가서 군번줄을 확인했다. 장현우가 따라가서 물었다.

"누굽니까?"

"작년에 실종된 내 부하."

"맙소사."

놀란 장현우가 의자에 앉은 시신을 바라봤다. 뭔가를 쓰고 있던 머리는 거의 말라붙은 상태였다. 머리에는 전선이 어지럽게 연결된 헬멧 같은 걸 쓰고 있었는데 귀 부분에 피가 말라붙은 흔적이 보였다. 옆에 있는 시신 역시 마찬가지 상태였다. 장현우는 부하의 시신을 바라보고 있는 대장에게 물었다.

"고문을 당한 걸까요?"

대답은 다른 시신을 살펴보고 있던 이서영이 했다.

"가상 현실 기계야. 컨티뉴 XN 21."

"그런 게 있었어?"

장현우의 물음에 이서영이 대답했다.

"어머니가 이 회사에서 마인드 업로딩을 연구하셨어."

"마인드 업로딩?"

"그러니까."

잠깐 생각하던 이서영이 대답했다.

"사람의 영혼을 컴퓨터 안에 저장하는 거야."

"그게 가능한 거야?"

"어머니는 새로 개발된 양자 컴퓨터라면 가능하다고 했어. 하지만 인간에게 너무 위험해서 실용화하려면 많은 시간이 걸린다고 했지. 그런데 남중훈 회장의 데이어스 그룹에서 어머니가 일하는 회사를 인수하면서 연구 개발 속도가 빨라졌다고 했어. 설마……."

말을 잇지 못한 이서영이 대장을 바라봤다. 부하의 시신에서 눈을 뗀 대장이 침통한 표정으로 말했다.

"그동안 붙잡힌 군인들이 어떻게 세뇌되었는지 알 수 없었는데, 이제야 알아냈군."

"이걸로 세뇌를 한단 말입니까?"

"가상 현실을 통해 혼란을 주고, 그걸 이용해서 정신적으로 굴복을 시키는 거겠지. 예를 들면 가상 현실 속에서 우리를 적으로 오인하게 만드는 식이야. 그렇게 되면."

대장의 말에 이서영이 덧붙였다.

"우리에게 총부리를 겨누는 식이지. 좀비들을 실은 배를 조종해서 우리 기지를 습격하다가 잡힌 친구 기억나?"

이서영의 물음에 장현우는 고개를 끄덕거렸다.

"어떻게 잊을 수가 있겠어. 수류탄으로 자살할 때까지 우리가 좀비라고 외쳤잖아."

"이런 방식으로 세뇌를 해서 조종한 거였어."

이서영의 얘기를 들은 장현우는 시신들이 앉혀져 있는 의자들을 살펴봤다. 중간중간 비어 있는 자리를 보고는 중얼거렸다.

"세뇌를 견디면 죽는 거고, 아니면 조종을 당하는 거네. 어쨌든 좀비들의 왕을 빨리 찾는 게 중요하겠어."

그때 다른 대원 한 명이 이리로 와 보라고 소리를 쳤다. 장현우와 대장, 그리고 이서영이 소리가 난 곳으로 갔다. 제일 구석진 곳에는 다른 곳보다 더 크고 정교하게 세팅이 된 의자가 있었고, 그곳에는 검게 변색된 시신이 전선과 연결된 헬멧을 쓴 채 앉아 있었다. 그걸 본 장현우가 말했다.

"좀비들의 왕!"

12년 전 대형 모니터에 모습을 드러내서 인류와의 전쟁을 선포했던 남중훈, 좀비들의 왕은 이미 이 세상 사람이 아니었다. 갈비뼈가 앙상하게 드러날 정도로 말라붙은 시신을 본 장현우는 울컥한 채 소총을 겨눴다. 하지만 이서영이 손으로 총구를 내렸다.

“이미 죽은 시체야. 쏴 봤자 소용없어.”

“지금까지 죽은 놈이랑 싸워 왔던 거야?”

“육신만 죽은 거지, 영혼은 죽은 게 아니야.”

“그럼?”

“마인드 업로딩이 되어서 양자 컴퓨터 안에 들어간 거지. 그러니까 여기 앉아 있는 건 껍데기고, 진짜는…….”

고개를 돌린 이서영이 미로처럼 서 있는 콘솔들을 바라봤다.

“저 안에 있는 거지. 우린 저기에 숨은 놈을 찾아야 해.”

“가상 현실의 공간 속에서 말이야?”

장현우의 물음에 이서영이 고개를 끄덕거렸다. 그때 빈자리들을 살펴보던 대장이 한 곳을 응시했다. 그걸 본 이서영이 물었다.

“무슨 일입니까?”

“최근까지 사용된 것 같아. 다른 곳보다 덜 지저분해.”

“시신이 없는 걸 보면 세뇌를 시켜서 내보낸 모양이군요.”

이서영의 얘기를 들은 대장이 의자를 살펴보다가 헬멧 쪽을 살폈다. 그러다가 헬멧 안에 말려 들어간 머리끈 같은 걸 발견하고는 천천히 끄집어냈다. 녹색의 머리끈이었는데 그걸 본 대장의 표정이 굳어졌다. 그리고 이곳을 발견한 대원을 바라봤다.

"자네, 재건 제주도 사단 출신이었지?"

"네, 맞습니다, 대장님."

"이 머리끈은 그 사단 부사관들이 머리에 두르는 거였어."

질문을 받은 대원의 표정이 굳어졌다.

"그걸 쓰는 우리 사단 부사관들은 200명이 넘습니다."

"맞아. 하지만 머리끈에 약자가 적혀 있군, KDW. 자네 이름이 김대원이지?"

추궁을 받은 대원이 천천히 뒷걸음질로 물러났다. 장현우와 이서영은 슬쩍 소총을 겨눴다. 뒷걸음질로 물러난 대원이 손사래를 치면서 말했다.

"그건 제가 출발하기 전에 잃어버린 겁니다."

"하지만 자네는 작년에 석 달 동안 행방불명되었다가 돌아왔잖아."

"행방불명이 아니라 백두산에서 헬기가 추락한 이후에 걸어서 돌아온 겁니다."

"자네 혼자만 살아서 돌아왔지, 그 작전에서 말이야."

대장이 차가운 눈으로 쏘아붙이자 김대원이라는 이름을 가진 대원이 울상을 지었다.

"겨우 살아서 돌아왔는데, 그걸 의심합니까?"

억울함을 호소하던 김대원이 악에 받친 표정으로 소총을 겨눴다. 긴장감이 흐르는 상황 속에서 대장이 뒤로 물러나면서 두 사람에게 말했다.

"콘솔들을 파괴할 테니까 둘이 저놈을 감시해."

대장이 뒤로 물러나는 걸 본 이서영이 고개를 갸웃거렸다. 장현우가 물었다.

"왜?"

"대장님은 폭파 장비가 없잖아."

이서영의 말을 들은 장현우가 재빨리 총구를 뒤로 돌리면서 외쳤다.

"대장도 올 초에 한 달 정도 실종되었잖습니까?"

그러자 뒤로 물러나서 두 사람에게 소총을 겨누던 대장이 방아쇠를 당겼다. 아랫배를 맞은 장현우는 그대로 주저앉았다. 그 사이에 이서영이 몸을 옆으로 날리면서 대장에게 소총을 발사했다. 온몸에 총탄을 뒤집어쓴 대장이 뒤로 넘어졌다. 이서영이 다가가서 옆에 떨어진 소총을 발로 걷어차면서 물었다.

"왜 우릴 배신한 겁니까, 대장!"

"내가 속을 줄 알고, 너희들이 바로 좀비잖아."

"말도 안 되는 소리 하지 마세요!"

"그분께서 얘기해 주셨어. 겉모습에 속지 말라고 말이야."

쓰러진 채 대장의 말을 들은 장현우가 혀를 찼다.

"철저하게 세뇌가 되었군."

이서영 역시 충격을 받았는지 아무 말도 하지 못했다. 분석관이 고르고 고른 최정예 대원들을 이끌 대장으로 뽑힌 인물이 세뇌가 되었으리라고는 상상도 못 했던 것이다. 입으로 피를 토해낸 대장이 말했다.

"너희들을 이곳으로 유인해서 세뇌를 시킨 다음에 대장에게 접근시키려고 했어. 너희들은 측근이라 쉽게 접근할 수 있으니까 말이야."

"그래서 우릴 마지막까지 끌고 왔군. 세뇌를 시킬 수 있는 기계가 있는 이곳으로 말이야."

대장은 대답하지 못하고 그대로 눈을 뜬 채 숨을 거뒀다. 그때 대장이 차고 있던 무전기에서 시끄러운 소리가 들렸다. 이서영이 무전기를 빼서 손에 쥐었다.

"코드 레드 상황이다. 무슨 일인가?"

[정문 경비조다. 좀비들이 나타나서 접근 중이다.]

"숫자는?"

[어림잡아서 수천 마리는 되어 보인다.]

누운 채 그 얘기를 들은 장현우가 중얼거렸다.

"완벽한 함정이었네."

보고를 받은 이서영이 무전기에 대고 말했다.

"함정이다. 대장이 세뇌되어서 우리 작전이 모두 노출된 상태다."

[무슨 얘긴지는 모르겠지만, 현재로서는 탈출이 불가능하다. 그곳으로 이동해서 합류해야 하는지 알려 달라.]

이서영이 아무 대답도 하지 못한 채 아랫입술을 깨무는 걸 본 장현우는 쓰러진 대장 너머에 있는 의자를 쳐다봤다. 그가 재빨리 머릿속으로 생각한 걸 이서영에게 말했다.

"나를 일으켜서 저 의자에 앉혀 줘."

"미쳤어? 저긴 우리들을 세뇌시키는 장치라고."

"저 안에 좀비들의 왕이 있는 거 아니야? 대장이 얘기한 그분이 바로 좀비들의 왕이 분명해."

"만나서 너를 세뇌시킬 거라고."

"어쨌든 만나게 되는 거잖아. 그럼 기회가 올 거 아니야, 놈을 없앨 수 있는."

"너무 위험해."

만류하던 이서영이 들고 있던 무전기에서 총소리가 들렸다.

그 소리를 들은 장현우가 아랫배를 움켜잡고 일어나려고 애를 썼다. 한 손으로 그를 부축한 이서영이 무전기에 대고 외쳤다.

"통로로 철수해서 이곳까지 와. 여기서 버틴다."

[버티면 무슨 수가 있어?]

정문 경비조의 물음에 이서영이 장현우를 바라보며 대답했다.

"마지막 희망이 있어."

무전기를 내던진 이서영이 장현우를 부축했다. 먼발치에 서 있던 김대원 역시 다가와서 장현우를 부축해 줬다. 피범벅이 된 장현우를 의자에 앉힌 이서영이 눈물을 쏟았다.

"정말 이 방법밖에 없을까?"

"할 수 없지. 누군가는 끝내야 할 일이잖아."

"내 말 잘 들어. 가상 현실 속으로 들어가면 어떤 방식으로든 너의 의지를 꺾으려고 들 거야. 그리고 네가 굴복하면 세뇌를 시키겠지."

"놈을 만나면 어떻게 없앨 수 있지?"

"가상 공간에서는 물리적인 타격은 아무 소용이 없어. 상대방을 정신적으로 붕괴시켜야만 해."

"정신적으로 붕괴시킨다고?"

"그래, 그러니까 두려워하지 말고 버티다가 놈이 나타나면 정면 대결을 펼쳐야 해.”

“알겠어. 힘껏 버티다가 놈이 오면 한 방 먹일게.”

마지막 힘을 쥐어짜서 대답한 장현우에게 이서영이 귓속말을 속삭이며 헬멧을 씌워 줬다. 희미해져 가는 의식 속에서 장현우의 귀에 낯선 기계음이 들렸다.

[재생 프로그램 가동합니다. 프롤로그 단계부터 시작해서 10단계까지 진행 예정입니다.]

온몸에 전류 같은 게 흐르면서 목 뒤로 차가운 바늘 같은 것이 파고들었다. 잠시 몸부림을 치던 장현우는 그대로 축 늘어져 버렸다.

마지막 재생

눈을 뜬 장현우는 붉은 후드를 입은 여인이 반짝거리는 눈물을 흘리는 걸 봤다. 장현우 역시 눈물을 흘리면서 그녀의 이름을 말했다.

"서영아, 찾아왔구나."

"찾느라 좀 힘들었어."

"어떻게 온 거야?"

장현우의 물음에 이서영이 눈물을 글썽거리며 대답했다.

"그 이후에 일들이 좀 많았어."

"무슨 일?"

잠시 주저하던 이서영이 입을 열었다.

"보리스 기지에서 천신만고 끝에 탈출했어."

"어떻게? 좀비들이 몰려왔잖아."

"비밀 통로를 찾았어. 밖으로 나와서 정처 없이 떠돌다가 다른 기지를 찾아서 거기서 버려진 보트를 타고 남아메리카로 갔지. 그곳에서 생존자 집단과 만나서 어렵게 기지와 연락을 해서 돌아갈 수 있었어, 나 혼자만."

씁쓸한 표정을 지은 그녀가 덧붙였다.

"문제는 기지에서 일어났어."

"기지가 왜?"

"세뇌당한 요원들이 더 있었나 봐, 대장처럼."

"그래서?"

놀란 장현우가 묻자 이서영이 말했다.

"분석관님은 돌아가셨고, 다른 요원들도 많은 피해를 입었어. 기지 자체도 폭파되었고 말이야."

"뭐라고?"

"거기다 제주도에도 좀비들이 상륙했어. 그래서 제주시랑 거점들을 다 빼앗겼고, 소수만 한라산으로 도피한 상태야."

"너는?"

"제주도로 갔다가 한반도 남부로 피했어."

"거긴, 좀비들이 많잖아."

"방법이 없었어. 대원들도 다 흩어지고, 연락도 안 된 상태라서 말이야."

"맙소사."

그녀를 통해 절망적인 얘기를 들은 장현우는 머리를 감싸 쥐었다. 그런 장현우에게 이서영이 말했다.

"남부에 있는 비밀 거점에 갔는데 거기도 쑥대밭이 된 상태였어. 이제 조직적으로 저항하는 세력은 모두 사라지고 말았어."

"여긴 어떻게 오게 된 거야?"

"좀비들에게 쫓기다가 예전에 어머니가 일하던 회사의 연구실로 들어갔어. 거기에 남아 있는 기계를 이용해서 들어온 거야."

"날 찾아온 건 아니었구나."

실망감이 가득한 표정을 지은 장현우의 말에 이서영이 고개를 떨궜다.

"우린 좀비들의 왕에게 패배했어."

이서영의 얘기를 들은 장현우는 자신이 왜 매일 반복되는 하루를 보내야 하는지는 깨달았다. 하지만 바깥세상의 상황이 너무나 절망적이었다. 가까스로 힘을 낸 장현우가 그녀를 위로했다.

"걱정 마, 내가 좀비들의 왕을 없애면 상황이 나아질 거야."

장현우의 말에 이서영이 고개를 저었다.

"이제 다 끝났어. 그리고 가상 현실 안에서 좀비들의 왕은 무적이야."

"자기가 프로그램을 그렇게 세팅했으니까. 어머니 얘기가 특정한 치트키를 이용하면 가상 현실 안에서는 모든 것을 통제할 수 있다고 했어. 그러니까 대장이랑 다른 병사들도 세뇌당한 거지."

"그래도 조금씩 힘이 세지고 있어. 놈이랑 싸울 수 있다고!"

"왜 일상이 반복되는지 모르겠어? 네 의지를 조금씩 무너뜨리려고 하는 거야. 희망을 주었다가 짓밟아 버려서 자포자기하게 만드는 거지."

"아무 소용이 없다고?"

장현우의 물음에 이서영이 팔을 잡고 말했다.

"그래, 차라리 나랑 가상 공간 안의 다른 곳으로 도망치자."

"다른 곳?"

"여긴 많은 서버들이 있어. 좀비들의 왕이 없는 곳으로 가서 우리 둘이 지내자."

"그럼 좀비들의 왕은?"

결국 울음을 터트린 이서영이 주저앉았다.

"싸움은 이제 끝났다고, 바보야."

이서영의 얘기를 들은 장현우는 주변을 바라봤다. 온통 어둠뿐이었고, 빛 같은 것은 흔적조차 보이지 않았다. 착잡한 표정을 지은 장현우가 이서영의 팔을 잡아 일으켰다.

"길이 보이지 않네."

"처음부터 없었던 거였어."

울먹거리는 이서영의 대답에 장현우가 고개를 끄덕거렸다.

"그래, 일단 안전한 곳으로 피한 후에 다음 일을 생각해 보는 것도 나쁘지 않겠어."

손가락으로 눈물을 훔친 이서영이 장현우의 팔을 잡았다.

"눈을 잠깐 감아 봐. 그럼 내가 새로운 공간으로 데리고 갈게."

고개를 끄덕거린 장현우가 이서영을 바라보며 물었다.

"그런데 언제부터 희망을 버린 거야?"

"무슨 소리야?"

"내가 가상 공간으로 들어오기 전에 말이야, 나한테 속삭였던 말 기억 안 나?"

장현우의 물음에 이서영이 한 발 뒤로 물러났다.

"속삭이다니?"

"아까는 기억나지 않았지만 지금은 뚜렷하게 떠올라. 나한테 그랬잖아, 어떤 일이 있어도 희망을 포기하지 말라고 말이야. 그런데 지금은 전혀 엉뚱한 얘기를 하잖아."

"그, 그건 상황이 바뀌어서 그런 거잖아. 지금 나를 의심하는 거야?"

이서영이 강하게 반문하자 장현우는 난처한 표정을 지었다.

"그게 아니라, 너무 쉽게 태도가 변해서 말이야."

"너는 가상 현실 속에 있었지만 나는 현실 속에서 몇 달 동안 죽을 고비를 엄청 많이 넘겼다고. 언제까지 희망을 얘기할 수 있겠어! 내가 무슨 일을 겪고 여기까지 왔는지 말했잖아."

"그렇긴 하지."

"지금쯤 내 육체도 문을 뚫고 들어온 좀비들에게 갈가리 찢겨 있을 거라고. 나도 돌아갈 곳이 없어. 오죽하면 그런 얘기를 했겠어."

분노한 이서영이 눈을 부릅뜨며 화를 내자 장현우가 미안하다는 표정을 지었다.

"미안, 이 안에서 하도 이상한 일을 많이 겪어서 의심이 많아졌나 봐."

장현우가 손을 내밀며 사과하자 이서영이 그 손을 잡으며 말했다.

"괜찮아. 너무 힘들었잖아."

이서영의 대답을 들은 장현우가 그녀를 끌어안았다. 그러고는 희미하게 웃었다.

"틀렸네."

"뭐가?"

"서영이는 항상 좀비들의 왕이라고 말하지 않았어. 남들이 그런 얘기를 하면 화를 냈고 말이야."

장현우의 얘기를 들은 이서영이 얼굴을 찌푸렸다.

"절망했으니까, 내가 인정하지 않아 봤자 소용없잖아."

"서영이가 마지막에 한 얘기는 희망을 포기하라는 게 아니었어."

"그럼?"

탁하게 변한 목소리가 묻자 장현우가 이서영을 더욱 힘껏 끌어안으며 말했다.

"가상 공간 속의 아바타는 목덜미에 마인드 업로딩을 하게 만드는 칩이 있다고 말이야. 그걸 뽑으면……."

장현우가 이서영의 목덜미에 살짝 튀어나온 칩을 힘껏 잡아 뽑았다. 그러자 그를 힘껏 뿌리친 이서영이 천천히 장현우로 변했다. 그 모습을 지켜본 장현우는 손에 쥐고 있던 칩을 바닥에 떨어뜨리고 힘껏 밟았다. 그러고는 외쳤다.

"가상 공간 속의 좀비들의 왕을 무너뜨릴 수 있다고 했어."

장현우로 변했던 좀비들의 왕은 원래의 남중훈, 좀비들의 왕으로 돌아왔다. 그리고 온몸이 비현실적으로 부풀어 오르거나 작게 꺼져 버렸다. 두 팔을 허우적거리던 좀비들의 왕은 서서히 녹아내렸다. 괴성을 질렀지만 목소리도 녹아내리듯 서서히 꺼져 갔다. 그 모습을 지켜보던 장현우는 뒷머리로 손을 뻗었다. 그리고 목덜미에 심어진 칩을 힘껏 잡아 뽑았다. 그가 중얼거렸다.

"아무리 엉망이라도 현실이 더 좋아."

의식이 사라지기 전, 맨 처음 들렸던 기계음이 다시 들려왔다.

[재생 프로그램을 종료합니다.]

문을 뚫고 들어온 좀비들을 향해 소총을 난사하던 이서영은 철컥거리는 소리가 들리자 빈 탄창을 뽑아내며 외쳤다.

"마지막 탄창이야!"

그러자 옆에서 사격을 하던 김대원이 고개를 저었다.

"나도."

쓴웃음을 지은 이서영은 다가오는 군인 좀비를 향해 소총을 집어 던졌다. 그리고 권총을 뽑아서 머리를 날려 버렸다. 하지만 권총의 탄환은 위력이 약했고, 가지고 온 탄환도 적었기 때문에 곧 바닥이 날 게 뻔했다. 반면 좀비들의 숫자는 여전히 많았다. 한 걸음 뒤로 물러난 이서영은 축 늘어진 채 의자에 앉아 있는 장현우를 내려다봤다. 마지막 두 발이 남았을 때 한 발은 장현우에게 쓰고 남은 한 발은 자신에게 쓰기로 결심한 순간, 역시 권총을 뽑아서 쏘던 김대원이 외쳤다.

"어? 이거 왜 이래?"

코앞까지 다가온 좀비들이 마치 잠이 든 것처럼 스르륵 쓰러졌다. 뒤쪽의 좀비들도 도미노처럼 연달아 넘어졌다. 삽시간에 쓰러진 좀비들을 본 이서영은 의자에 앉아 있던 장현우가 몸부림을 치며 입으로 피를 토해 내는 걸 봤다. 권총을 내려놓은 이서영은 얼른 장현우의 머리에 씌워진 헬멧을 벗겨 내고 바닥에 눕혔다. 곁으로 다가온 김대원이 서둘러 구급붕대를 꺼내서 배의 상처를 눌렀다. 이서영이 눈을 감고 있는 장현우의 뺨을 사정없이 쳤다.

"야! 정신 차려! 눈 좀 떠 봐."

장현우가 아무런 기척을 보이지 않자 이서영이 고개를 파묻은 채 울었다.

"바보야, 정신 차리라고! 이번 임무 끝나면 나한테 청혼한다고 했잖아. 얼마나 기다렸는데!"

고개를 파묻은 채 울고 있던 그녀의 귀에 장현우의 목소리가 들려왔다.

"그럼 청혼 받아 주는 거야?"

고개를 치켜든 이서영이 장현우가 희미하게 웃는 걸 보고는 고개를 끄덕거렸다.

"그럼, 물론이지."

고개를 살짝 든 장현우가 좀비들이 쓰러진 것을 보고는 한숨을 쉬었다.

"가상 현실 속에서 좀비들의 왕을 물리쳤어."

"네가 해낼 줄 알았어. 이제 좀비들은 모두 사라졌어. 우리가 이겼다고."

기뻐하는 이서영에게 장현우가 한숨을 쉬며 말했다.

"더 이상 재생되지 않아도 되네. 다행이야."

재생

초판 1쇄 인쇄 2022년 7월 26일
초판 1쇄 발행 2022년 7월 26일

지은이 정명섭
기획 및 편집 주자덕
윤문 및 교정 김미숙
발행인 주자덕
인쇄 미래피엔피
펴낸 곳 아프로스미디어
출판등록 제 2016-000073호
주소 서울특별시 성동구 금호로 173, 101동 904호
전화 02-6352-5133
팩스 02-6455-5891
홈페이지 www.aphrosmedia.com
전자우편 spitz70@aphrosmedia.com
ISBN 979-11-89770-28-0 (03810)

* 투고는 언제든지 환영이니 이메일로 보내 주세요.
* 잘못 만들어진 책은 구입하신 곳에서 바꾸어 드립니다.
* 책값은 뒤표지에 있습니다.